PAPYRUS MODERN FANTASY

회사 때려치우고 카페 합니다

펩티드 현대판타지 장편소설

CAFE MENU
OPEN DAILY

1장 ·················· 7

2장 ·················· 77

3장 ·················· 141

4장 ·················· 207

5장 ·················· 271

1장

축제 때 아우라를 많이 받은 덕분이었다.

텃밭에 있는 작물의 성장이 빨라지며 이것저것이 열매를 맺었었다. 하지만 그중 제일 눈에 띄었던 것은 역시 그것일 것이다.

라임.

이게 진짜 열릴지는 몰랐다. 보통 우리나라에서 잘 키우는 것이 아니기도 했고.

'묘목이 있어 신기해서 사긴 했는데. 하긴, 자라니까 묘목도 파는 거겠지?'

왠지 종묘사 할머니라면 '어이쿠! 그게 왜 거기 있지?'라고 할 것 같긴 하지만.

아무튼 특별한 텃밭 덕에 이런 것도 자랐으니 당연히

써 줘야지.
 재료 손질은 간단했다.
 먼저 잘 익은 라임을 땄다.
 톡!
 그냥 손에 쥐기만 했는데도 풍기는 상큼함에 침이 고일 것 같았다.
 확실히 바로 텃밭에서 딴 작물들은 마트나 백화점에서 산 작물들과 달랐다.
 이건 우리 텃밭만의 얘기는 아니었다.
 이장님댁의 밭에서도 마찬가지였으니.
 과즙이 온전히 그대로 살아 있고 신선함이 달랐다.
 '물론 다 좋은 건 또 아니지만.'
 과일은 따고 나는 순간부터 저장 및 숙성 기간이었다.
 당도가 올라가거나 풍미가 올라가거나 해서 맛이 더 좋아지는 경우도 있으니까.
 그러니 무조건 바로 딴 게 좋다는 건 아니지만…… 일단 우리 텃밭은 조금 논외로 치기로 했다.
 굳이 저장과 숙성시키지 않아도 이미 충분하니까.
 신선함이 더해질 뿐이었다. 게다가 약도 치지 않았으니…….
 '음.'
 맛을 보려다가 그냥 살짝 눌러서 향만 맡아 봤다.
 코에 들어오는 순간부터 짜릿한 것이 맛을 안 봤는데도 상큼했다.

이 정도면 있던 스트레스도 짜릿하게 사라질 것 같다.

[라임]
*효과
―비타민 포함 미네랄 다량
―소화 촉진 및 식욕 증진
―스트레스 완화

라임은 이거면 됐고.
다음은 민트.
톡톡!
통통하게 잘 큰 민트 잎를 땄다.
자연스럽게 펼쳐지는 만생공의 효능은 제일 통통한, 따면 좋을 녀석들을 자연스럽게 선별해 주었다.
텃밭에서 재료는 이거면 됐다.
바로 안으로 들어와서 라임과 민트를 씻었다.
둘 다 상큼하고 향이 강한 것들이라, 금방 주방을 넘어 카페의 공기까지 바꾸었다.
"향이 되게 좋다……."
"그렇죠?"
안수혁도 냄새를 맡았는지 카운터 쪽에서 혼잣말을 했다.
그걸 듣고, 잠깐 얼굴만 내민 채 말을 받아 줬다.
혼자 있으면 아무래도 뻘쭘하니까, 주방에서라도 종종

대화를 받아 주고 싶었다.

 하지만 난 굳이 그랬다.

 나라면 그랬을 거 같으니까. 그의 모습에서 내 모습을 봐서 더욱 그랬다.

 물론, 이건 사람에 따라서 나뉘는 취향이긴 했다. 혼자만의 시간을 가지고 싶은 사람도 있으니까.

 하지만 다행히 안수혁은 그쪽은 아니었던 거 같다.

 "아까는 커피 향이 진하게 났는데, 이제는 과일 향이 나네요."

 "둘이 섞여서 이상하진 않으신가요?"

 "아뇨. 오히려 좋은데요? 많이 섞인 것도 아니고, 섞이고도 조화가 되는 느낌이네요. 혹시 방향제입니까?"

 "아뇨. 둘 다 그냥 재료에서 나는 향이에요."

 안수혁은 신기하다는 듯 이것저것 물었다.

 그 모습이 꼭 내 옛날 모습 같아서 기꺼이 이것저것 답해 줬다.

 사람과 대화를 좋아하는 건 아니었다. 하지만 뭔가 꽂히면 질문을 많이 하는 케이스인 거 같았다.

 역시 나와 비슷한 과였다.

 뒤이어 질문이 이어졌다.

 "근데 사장님은 언제부터 카페를 하셨나요? 되게 젊어 보이시는데."

 "저요? 여기 맡은 지는 사실 그렇게 오래 안 됐습니다. 올해 봄부터 했으니까요."

"아! 그렇군요. 그런데 되게 오래 하신 것 같네요."
천천히 대화하면서 안수혁의 관심 뭔지부터 파악했다.
저 사람 지금 다른 일을 알아볼까 생각 중인 게 분명했다. 퇴사도 이미 마음속에 담아 뒀겠지.
그래서 궁금한 게 많은 모양이다.
좀 더 편한 분위기를 위해서, 조율로 백색소음이 잔잔하게 들리게 조정했다.
그러자 카페에 늘어져 있던 아우라들이 바깥소리를 적당한 음량으로 끌어와 자연스럽게 울리도록 만들었다.
지금은 노래보다는 이게 나을 듯했다.
그럼 이제 잠깐 음료에 바짝 집중해야지.
우선 씻은 민트와 라임은 물기를 잘 제거해 줬다.
그리고 라임 하나는 반으로 잘라 즙을 짰고, 또 다른 하나는 얇게 썰었다.
동그란 모양의 라인 속살이 예쁘게 나왔다.
과육은 탱글탱글하고 신선한 빛깔로 잘 익었다.
그중 몇 개만 남기고 민트와 함께 절구에 넣었다.
꾸욱!
살짝 짓누르듯 누르자 상큼함이 터져 나온다.
'이거 보기만 해도 침이 나올 거 같은데?'
조심해서 계속 꾹꾹 짓눌러서 즙을 만들었다.
그리고 체에 한 번 걸렀다.
그러자 컵 안에 초록빛의 맑은 즙이 모였다.
마치 숲을 담아 놓은 듯한 색이었다.

물론 이대로 마시면 당연히 아주 짜릿함을 몸소 느끼며 몸서리를 치겠지. 아주 시고 진한 향이 농축되어 있었으니까.

그렇기에 이걸 넣어 마실 탄산수를 꺼냈다.

얼음을 컵에 담고 사과 민트 청을 시럽처럼 먼저 넣었다. 그리고 탄산수를 붓고 방금 만든 즙까지 부으면…….

'모히토.'

원래 모히토는 위스키가 들어가지만 이건 탄산수를 대신 쓴 논알콜 모히토였다.

스트레스를 날려 버리기에 딱 좋은, 시원하면서 상큼한 음료.

마지막으로 만생공의 손과 관련된 재능인 목생과 조율, 몰입과 같은 아우라를 다루는 금생을 동시에 펼쳐 데코를 했다.

맑은 탄산수 속에 보기만 해도 상큼해 보이는 라임 한 조각과 민트 잎을 떼어 넣은 것이다.

[라임 무알콜 모히토]
*효과
—활력 증진 강화
—소화 촉진 및 식욕 증진
—스트레스 완화 강화

그렇게 해서 만들어진 모히토의 효과였다.

원하는 대로 아주 잘 나왔다.
"음료 나왔습니다."
기다림이 길지 않게 바로 손님에게 가져다줬다.
"아. 감사합니다. 근데 메뉴판에는 없던데."
"오늘의 추천 메뉴입니다."
"아하."
카운터 앞에 있는 메뉴판을 가리키자 고개를 끄덕인다.
이것까진 못 봤겠지.
당연했다. 방금 바꿨으니까.
"그럼 잘 마시겠습니다."
안수혁은 사진 같은 건 찍지 않고 바로 입을 가져다 댔다.
수아였으면 아마 한참 찍었을 텐데 말이지.
쭈웁!
곧장 한 모금 마신 안수혁의 표정은 짜릿하면서도 시원함의 중간 같은 느낌이었다.
"와아!"
물론 탄성으로 보아 저 표정의 의미는 긍정인 것 같다.
한 모금, 두 모금.
순식간에 반을 비워 버렸다.
"크윽!"
저 반응은 당연히 알콜의 씁쓸함 때문이 아니라 탄산수의 톡톡 청량감 때문이었다.
한동안 찡그린 인상으로 버티던 안수혁은 이내 밝아진

표정을 했다.

"후우, 여태 마신 음료 중에 최고인 것 같습니다. 스트레스가 확 풀려요. 라임이 엄청 새콤한데, 이게 달달하기도 하네요?"

"그건 사과 민트 청을 넣어서 그렇습니다. 당도도 괜찮죠?"

"예. 완벽합니다. 정말 딱이네요. 여기서 더 달면 상큼함이 죽을 것 같고 안 달면 밍밍할 것 같은 같은데……."

"음료를 자주 마시나 봐요?"

"아, 제가 술을 못해서. 하핫."

다행이네. 그렇다면 속은 좀 썩었어도 몸은 썩지 않았겠어.

직장 생활하다 보면 그런 사람들이 많았다.

몸도, 마음도 썩는 사람들.

스트레스로 폭식하거나, 술로 푸는 거다.

물론, 이건 몸이 썩는 거고. 마음이 썩는 건 김하나나 이 사람 같은 경우인데 보통은 둘이 같이 오는 경우가 많았다.

나도 그런 친구들을 종종 봤다.

그땐 내가 어쩔 수도 없고, 그럴 관심도, 이유도 없었는데…….

꿀꺽! 꿀꺽!

"크으."

안수혁은 남은 반마저 한 번에 마셨다.

"한 잔 더 드릴까요?"
"예, 부탁드립니다."
어려울 건 없었다.
바로 다시 한 잔을 만들어서 줬다.
새로운 라임 모히토를 받은 안수혁은 바로 마시지 않고 뭔가 고민하는 듯했다. 그러다 결심한 듯 입을 뗐다.
"사실, 그때 그 사고가 벌어진 것은 저희 쪽 직원이 실수해서 그런 거였습니다."
"그런 것 같았습니다."
"예? 어떻게?"
"우연히 봤거든요. 그렇다고 정확한 사정을 아는 건 아니고요."
무대 옆에서 어수선하던 모습을 봤다. 분위기상 그 직원의 실수라는 걸 깨닫는 건 어렵지 않았다.
"그런데 왜 손님이 직접 사과하시러 오신 건가요?"
"어쨌든 책임은 저희한테 있으니까요. 그리고 그 친구도 나름 개인적인 사정이, 있긴 있었으니까요. 음, 뭐……이것 참, 원래 당사자가 없는 자리에서 당사자 얘기는 잘 안 하는데."
"괜찮아요. 저도 직장 생활을 오래 해서 무슨 상황인지 얼추 알 것 같거든요."
"그런가요? 역시 뭔가 그런 느낌이 있긴 했습니다. 워낙 숙련되어 보여서 그냥 이쪽 일을 쭉 하셨나 싶었는데……."

"아까 그래서 물어보셨군요?"
"하하. 네. 진짜 궁금하기도 했고요."
 말을 한번 하기 시작하니 술술 나왔다. 아마 음료 효과로 스트레스도 완화가 되면서 편해졌기 때문이 아닐까?
"그날 그렇게 사고를 치고는 먼저 퇴근했는데, 알고 보니 여자 친구와 놀러 갔다지 뭡니까. 하하."
"이런."
 기억난다. 그리고 행사장 뒤에서 상반됐던 둘의 아우라가 왜 그랬는지 이해가 됐다.
 겉으론 웃고 있지만, 반응이 말라 있는 걸 보니 속은 안 봐도 뻔했다.
 개인적으로도 그런 동료는 좀 최악이라 생각되기도 하고.
 거짓말도 거짓말인데 그런 문제가 생겼으면, 당연히 뒤처리가 필요하다. 그런데 이야기를 들어 보면 아무래도 그걸 혼자 쏙 빠졌다는 것처럼 들린다.
 솔직히 이해가 안 가는 건 아니다.
 힘든 회사 생활, 이를 버티기 위해서는 당연히 워라벨은 중요했다.
 그건 누구보다 내가 잘 알지 않은가.
 하지만 워라벨이 자기 시간만 중요하다는 말은 분명 아니었다.
 일하는 시간도 중요했다.
 일은 일대로 잘하고, 자기 시간도 잘 가져야 한다는 말인데…….

'이건 아무리 봐도 한쪽으로 쏠렸단 말이지.'

심지어 그 문제를 다른 사람에게 떠넘긴 순간 아웃이지.

"문제는 이런 게 한두 번이 아니라는 겁니다."

"그럴 때마다 손님이 일을 대신 다 처리하시죠?"

"……뭐, 그렇죠."

"그래서 관리자는 알든 모르든 신경을 끌 테고요."

안 봐도 뻔하다.

참, 일을 잘하는 사람은 이게 문제다. 일이 잘못되고 있는 꼴을 보지 못하는 것이다.

그럼 결국 마이너스가 되는 동료의 일까지 떠맡아서 하게 된다.

'관리자가 똑바르면 문제가 없을 텐데.'

이 경우, 해결할 수 있는 방법은 간단했다. 관리자급이 나서면 된다.

안수혁의 경우에는 실무자급이었다.

최소 과장, 그 이상이 나서서 직원들을 관리해 주면 문제없이 굴러갈 터.

근데 안수혁의 상태를 보면 그런 관리자가 없는 듯했다. 정확히는 있는데 그쪽도 일을 제대로 하지 않는 거겠지만.

"잘 아시네요."

이 문제를 안수혁도 모르진 않는 듯했다.

하긴 모를 수가 없지. 자기 일인데.
"저도 비슷한 경우가 있었거든요."
"정말입니까?"
"예."
"그럼 어떻게 하셨는지 여쭤봐도 될까요?"
"저는 그래서 그냥 제가 관리자가 됐습니다."

적어도 같이 일하는 팀원들만큼은 내가 관리할 수 있는 팀장이 됐다.

일은 더 늘었지만 그게 마음이 편했으니까.

"음, 쉽지 않은 일이네요."
"그렇긴 하죠. 저도 운이 좋았습니다. 성과를 회사에서 좋게 봐준 게 있어서, 마침 기회가 있었거든요."

물론 그럼에도 거기까지였다. 결국 퇴사 엔딩이긴 했으니까.

'아마 더 버텼으면 어땠으려나?'

지난번에 예전 동료였던 김정현에게 결국 그 부장의 씁쓸한 엔딩을 들었다.

그랬으면 또 다른 일이 벌어졌을 수도 있겠지.

어쩌면 새로운 관리자와 잘 맞거나 적당한 사람이었으면 더 남았을 거고, 아니면 결국 지금처럼 그만뒀을 수도 있겠지.

하지만 그 또한 어떨지 모르는 일이다. 중요한 건 현재였다.

난 빙긋 웃으며 그에게 답해 주었다.

"적어도 지금 선택에는 아주 만족하네요."
"으음. 그렇습니까."
내 얘기를 들은 안수혁은 생각이 깊어진 모습이었다.
여러 이야기를 나눴지만, 난 결코 퇴사를 종용해 주진 않았다.
어떻게 보면 내게 있어 가장 편한 선택지인데 말이다.
상대를 적당히 위로해 주고, 마는…… 상황도 최악에 가까우니 더욱 나쁠 게 없었다.
하지만 난 그러지 않았다.
그건 어디까지나 내 선택이 아니라 당사자의 몫이니까.
그래서 그저 내 경험을 얘기해 줬을 뿐이다.
그리고 지금의 안수혁에게는 이런 이야기가 그의 선택에 도움이 되리라 믿는다.
'나였으면 그때, 이런 이야기를 제일 듣고 싶었을 테니까.'
여러 사람의 이야기, 자신보다 앞선 이들의 이야기들이 말이다.
꿀꺽! 꿀꺽!
안수혁이 다시 라임 모히토를 마셨다. 그리고 한결 맑아진 표정을 지었다.
역시, 고민이 길진 않았네.
"이거, 사과를 하러 왔는데 뜻하지 않게 제가 고민 상담을 받았네요."

"뭘요. 저도 오랜만에 예전 일 생각나고 좋네요. 욕 나오는 일이긴 하지만, 막상 이렇게 생생하게 기억하는 걸 보면 참 신기해요."
"하핫!"
퇴사, 혹은 이직을 할지.
혹은 계속 더 다니면서 개선을 노력해 볼 건지.
어느 선택을 해도 상관없었다.
보아하니, 안수혁은 이제부턴 그저 상황에 끌려다니지만 않고 결정할 수 있을 듯했다.
내 얘기와 자신의 상황을 비교해 보며 좀 더 객관적으로 상태를 보고 앞으로 할 일을 정했을 테니까.
그게 중요했다.
누군가에게, 상황에 떠밀리는 게 아니라 자신의 주관으로 선택하는 것.
우우웅!!
안수혁의 칙칙한 아우라가 밝아지며 주변의 아우라와 공명하는 게 그 증거였으니…… 그거면 됐다.

* * *

안수혁은 전혀 예상하지 못했다.
뜻하지 않은 곳에서 답을 찾을지는.
처음엔 이렇게까지 할 생각도 없었다.
사과는 현장에서 했고, 적당한 보상은 택배로 보내기로

했으니까.

그런데 문득 무대를 했던 아이들의 보호자 중 한 사람의 말에 계속 머릿속에 남았다.

카페에서 잠깐 숨 좀 돌리고 가라는 말.

정말 별거 아닌 인사치레 같은 건데, 왜 거기에 꽂혔는지는 아직도 모르겠다.

아무튼 결과적으로는 그 덕분인지, 갈 때만 해도 복잡했던 머릿속이 훨씬 맑아졌다.

그저 답답하기만 했던 상황들을 좀 더 객관적으로, 그리고 자신을 중심으로 생각해 볼 수 있었으니까.

상사도 아니고 자신보다 늦게 입사한 직장 동료 때문에 골머리를 썩이게 될 줄 누가 알았을까.

하지만 중요한 것은 그게 자신만의 경험이 아니라는 것이다.

"회사 나가면 세상 끝나는 줄 알았던 적이 있었는데 그렇진 않더라고요. 막상 나와서 돌아보니 회사도 저도 그냥 어찌어찌 잘 돌아가네요."

"그렇…… 겠죠. 회사야 뭐 사람 하나 빠진다고 달라지겠습니까? 새로 뽑으면 될 텐데."

자신과 비슷한 경험을 한 카페 사장님의 얘기를 들으니 세상에서 제일 복잡했던 일이 보다 명확하게 보였다.

경제적인 요건?

돈을 허투루 쓰는 성격은 아니라 그동안 잘 모아 뒀다.

업무에 관련된 능력과 경력?

솔직히 부족하진 않았다.

완벽하다고는 할 수 없겠지만, 그래도 어디 가서 꿀린다는 생각은 전혀 들리지 않았으니까.

자신만의 노하우도 충분히 모여 있었고.

그런데 왜 자신이 스스로 여기에 묶여 있던 걸까?

그것도 상사 뒤치다꺼리와 후배 직원 뒤치다꺼리를 동시에 하면서까지.

그럴 필요는 없었다.

첫 직장에 꽤 오랜 시간 다닌 회사? 성과도 매번 보였지만 그럴싸한 보상은 없었다.

'내가 여기에 메여 있을 이유가 하나도 없었네.'

회사도 자신을 그렇게 생각하는데 왜 자신은 회사를 그렇게 생각하지 않았을까.

"혹시 퇴사할 생각이시면 이직 자리를 알아보고 하시는 걸 추천 드려요."

"사장님도 그러셨나요?"

"잘난 척 같지만 저야 원래 퇴사 전에도 스카웃이 여기저기 많이 들어와서 재취업 걱정은 안 했습니다. 그냥…… 거기에 바친 제 시간이 아까웠던 거지."

"아……."

"근데 돌이켜 보면 저도 회사에 시간을 바친 게 아니라 저한테 바친 거더라고요. 그냥 보는 시점이 다른 거죠. 물론 재취업이 아닌 지금 일에도 만족하고요."

카페 사장님의 말에 고개를 끄덕였다.

그런 시점이 중요한 거였다.

순간 안수혁의 눈에 천유진의 모습이 다르게 보였다.

묘한 분위기의 사장님의 말은 무언가 말할 수 없는 느낌이 있었다.

편안함? 신비함?

정확히는 모르겠다.

아무튼, 호랑이 쉼터라는 카페의 묘한 분위기와 닮은 사장님과의 대화 덕분에 그동안 골머리 썩인 부분은 결정지었다.

'퇴사란 선택지도 있어. 근데 우선은 해 볼 건 해 보고.'

카페 사장님은 그냥 본인이 팀장이 됐다고 했다.

물론 지금의 자신이 사장님의 말처럼 똑같이 그렇게 할 순 없었다.

하지만 당장 시도할 수 있는 것도 있다.

그건 바로 관리자에게 지금 상황을 한 번 더 정확하게 알려 보는 것.

어떻게 될진 모른다.

바로 처리가 될 수도 있고, 반대로 이전처럼 아무 일도 안 일어날 수도 있겠지.

하지만 마음은 편안했다.

그래도 변하지 않으면 그냥 자신이 나갈 생각이었다.

어떻게 보면 아주 평범한 결정인데도, 왜 이제야 내릴 수 있게 된 건지 모르겠다.

속을 긁어 주듯 상큼하고 통통 튀는 음료 덕분인지. 아님, 눈앞의 사장님 덕분인지. 혹은 둘 다인가? 아무튼 좋았다.

"오늘 정말 감사합니다."

"뭘요. 제가 한 게 뭐가 있다고."

"머리가 복잡했는데 덕분에 맑아졌거든요."

"그럼 됐네요. 우리 카페가 하는 일이 그건데."

딸랑~ 딸랑~

사장님의 말과 함께 문이 열리며 맑은 종소리가 났다. 그리고.

"어? 그때 그 아저씨다."

"안녕?"

"안녕하세요~ 근데…… 그거 뭐예요? 처음 보는 음료인데?"

"아, 이거 사장님이 추천 음료라고 해서 주신 건데. 너도 마실래? 내가 사 줄게."

원래 여기 온 목적이었던, 어제 무대에 올랐던 그 아이가 들어왔다.

어제도 느꼈지만, 참 친화력이 좋은 아이다.

오기 전 생각했던 답답함이 전혀 없이, 아주 시원시원하게 서로 이야기를 전했고. 아이 쪽에서도 기쁜 마음으로 이쪽이 준비한 것을 받아 주었다.

별거 아니었지만, 이런 작은 걸로도 한결 마음이 더 편해졌다.

그렇게 마무리하고 돌아선 길.

"응?"
낯선 번호로 연락이 왔다.
그리고.
―VIP 헤드헌터입니다. 대산 그룹에 관련해서 얘기를 좀 나누고 싶은데 혹시 시간 되실까요? 아, 정확히는 대산 그룹의 자회사인 DS 대행사 쪽입니다.
좀 더 결정을 단순하게 할 수 있는 길이 열렸다.

* * *

안수혁 씨가 밝은 아우라를 뿜으며 떠나갔다.
나간 다음에 갑자기 한 번 더 아우라가 오긴 했는데…… 이건 왠지 모르겠다.
'나가면서 또 무슨 좋은 일이 생겼나?'
그러면 좋고. 아니더라도 나쁜 일은 아닐 것 같았다.
"우아! 엄청 시원하다요!"
"그래? 여름에 괜찮겠지?"
"완전요. 매일 마시고 싶다."
"그럼 민초프는?"
"그건 으으음!"
안수혁에 대한 건 그렇게 끝났다.
대신 시선을 끄는 수아의 모습에 피식 웃었다.
"아 참! 아저씨."
"왜?"

"이거 봐 봐요."

결정을 내리지 못한 수아가 급히 화제를 돌렸다. 그리고 폰을 내밀면서 영상을 보여 주는데…….

"무대 영상이네? 선아가 줬어?"

"네! 선아 언니 완전 대박 능력자! 이거 이렇게 자막, 영상 편집도 하고 일단 엄청 잘 찍었어요!"

언제부터 선아를 언니로 불렀는지 모르겠네.

아무튼 이선아가 찍은 영상을 보니 생각보다 더 잘 나왔다.

특히 하이라이트 부분인 내가 조율을 쓴 부분은 기가 막혔다.

"사고 난 건 전혀 모르겠네."

"히히! 그리고 또 뭐 보이는 거 없어요?"

"응? 뭐?"

"잘 봐 봐요. 엄청 놀랄 만한 거 있을 텐데요?"

수아가 영상을 다시 보여 줬다.

뭘 보라는 거지? 무대는 실제로 봐서 잘했다는 건 이미 아는데.

"아이참! 조회 수요!"

"응? 조회 수?? 이거 어디 올렸어?"

"네! 제 별스타에 올렸는데요? 조회 수 엄청나죠? 선아 언니가 태그까지 해 줬어요!"

설명을 듣고 나서야 보였다.

다섯 자리의 숫자를.

그동안 수아의 영상이 몇백, 많으면 천이 조금 넘었던 걸 생각하면 엄청난 거였다.

심지어 그 수치는 지금도 실시간으로 올라가고 있고.

"히히 이러다 소속사에서 연락 오면 어떡하죠?"

"헛바람은. 그리고 네 나이에 연습생 되면 너무 어린 거 아냐?"

"무슨 소리예요. 지금이 딱이죠."

그렇게 어린 나이에 연습생을 시작한다고? 거기도 참 쉽지 않구나.

"히히! 암튼! 아저씨도 얼른 구독 눌러 줘요."

"뭘?"

"선아 언니 채널이요. 선아 언니 아니었으면 이렇게 뜨지도 못했을 건데 구독 정도는 괜찮잖아요?"

"……나는 왜."

이유는 몰랐지만, 하라니까 일단 했다.

뭐, 볼지 안 볼지는 모르겠다만.

"우리 단톡도 있는데 아저씨도 초대해 줄까요?"

"단톡까지? 누구랑?"

"저랑 선아 언니랑 송이 언니랑 이장님이랑 오빠요."

"왜 나만 뺐어?"

이건 좀 섭섭한데? 심지어 젊은 애들만 있는 것도 아니고, 이장님도 있는데 나만 빼다니…….

그리고 이 중에 둘은 거의 그때 처음 본 거 아닌가?

"아저씨는 어차피 톡 안 보잖아요. 맨날 내 톡 안 보면서. 디엠 보내도 답도 없고."

"……그건 그러네. 미안하다."

원래 도시에 살 때도 그랬는데 여기 내려와서는 더 폰이나 전자기기랑은 먼 삶을 살고 있었다.

거의 도파민 디톡스나 다름없었다.

물론 정보를 찾거나 할 땐 쓰지만.

"사과받아 줄게요. 자요! 했어요."

"그래…… 고맙다."

수아에게 한 소리를 듣고서야 단톡방에 초대가 됐다.

근데 생각해 보니 사과할 일인가? 수아가 보내는 톡이나 디엠 대부분이 딱히 답장할 필요 없는 영상이나 짤이었던 것 같은데…….

의문이 들긴 했지만, 이미 들어갔으니 굳이 언급할 필요는 없지.

"헤헤."

"갑자기 왜 웃…… 아."

단톡을 초대해 주고 갑자기 폰을 보며 웃는 수아의 모습에 뭘 하나 봤더니, 아직도 자기 영상을 보고 있었다.

영상 안 찍었으면 어쩔 뻔했어.

그 모습을 보며 피식 웃다가 문득 이런 애가 연습생 한다면서 도시에 가면 많이 아쉽겠다는 생각이 들었다.

꼭 그게 아니더라도 언젠가는 일어날 일이겠지만.

'십 년 안에는 도시에 가겠지.'

수아의 꿈은 아직까지 거기에 있으니까.

수호도 야구 선수를 계속하려면 여기보단 더 큰, 명문이나 그런 곳으로 가야 할 거다.

내가 이쪽은 잘 모르지만, 그래도 이건 안다. 아무튼 프로팀에 들어가려면 큰 대회나 그런 데에서 활약을 보여야 한다는 것을.

그날이 오면 왠지 섭섭 시원할 것 같네.

물론 나도 십 년 뒤에 어떻게 될지, 그 안에도 또 어떻게 될지 모른다.

그냥 다들 현재에 최선을 다해 보는 거지 뭐.

그런 의미에서 수아가 잠시 한눈 팔린 사이 안수혁 씨가 주고 간 재능을 확인했다.

보상과 함께 아우라 등등 참 여러 가지를 남겨 주고 갔다.

〉안수혁의 감각

'음? 이건 또 뭐지?'

조율이나 몰입 같은 금생의 재능으로 묶인 걸 봐선 아우라를 사용해 보면 알 수 있으려나?

슬쩍 수아를 한 번 봤다.

수아는 아직도 영상 보기에 바빴다.

조용히 집중하여 감각 능력을 사용해 봤다.

으음…….

'뭐가 달라진 거지?'

근데 딱히 달라진 건 못 느끼겠다.

그냥 수아의 아우라가 조금 선명하게 보이는 같은 느낌?

사실 그것도 진짜인지 모르겠다. 그냥 차이를 찾다가 그럴듯한 걸로 포장이 된 건지 아닌지.

"음······."

"뭐 해요?"

"응? 아냐, 다 봤어?"

"그냥 확인한 거예요, 확인. 혹시 틀린 거 없나."

자기 영상 실컷 봐놓고 괜히 민망해서 딴소리하는 수아의 모습에 일단 감각에 대한 건 뒤로 미뤘다.

지금은 놀릴 때니까.

"그런 것치고는 너무 자주 새로고침 해서 보던데? 조회 수 보는 거 아니었어?"

"아, 아니거든요?"

저 당황하는 모습을 보자.

평소에도 하는 짓이 귀엽긴 한데 저렇게 애 같을 땐 더 귀엽다.

특히 오동통한 볼살.

가볍게 당기며 웃어 주었다.

그러니 휙 뒤로 물러서더니 뾰로통한 얼굴을 한다.

저를 놀린다는 걸 알아챈 모양.

"아, 아무튼. 이제 단톡방에 올리는 거 자주 봐요!"

"자주 올리는 거?"

"오빠 야구 경기 영상도 올리고 저 연습하는 것도 올릴 거예요. 선아 언니도 이것저것 콘텐츠 찍으면 보여 준댔어요."

"……굳이?"

"아, 진짜 T."

아니 진짜 그럴 필요까지 있나 싶어서 말한 건데? 수아의 표정에 더 말은 안 했다.

"아저씨는 언니들하고 저하고 오빠한테 잘 해야 돼요."

"다짜고짜?"

"왜냐면 미래의 아이돌 스타와 프로 야구 선수 포함 현역 중견 너튜버에, 인기인 웹툰 작가까지 포함된 단톡방이니까요."

"뒤에 두 사람이야 그렇다 치고, 수호랑 너는 아직 아닌 거 아냐?"

"그것도 조만간일걸요? 오빠는 이미 날아다니고 저도 이걸로 이제 빵빵 터질 테니까요."

"……그러냐."

영상을 괜히 찍어 줬나?

조금 많이 들뜬 것 같은데, 애가 좋아하니까 뭐라 말하기도 그렇다.

후임이었으면 한 번 현실을 알려 주며 꾹 눌렀을 텐데.

"예예. 그럽죠."

"히히!"

오늘은 그냥 맞춰 주기로 했다.

그러자 내 모습에 수아가 깔깔 웃었다.

그냥 이런 걸 보고 싶었던 걸지도.

애랑 놀아 주기는 쉽지 않다.

"기사는 안 났으려나 몰라~ 으으음~ 어? 대박! 아저씨! 이거 봤어요?"

그때, 기사까지 찾아본다며 폰을 보던 수아가 갑자기 나를 불렀다.

"뭘?"

"블루 카멜리아가 신곡으로 컴백한대요!"

"그래?"

"엥? 뭐예요, 그게. 아저씨 블루 카멜리아 팬 아니었어요?"

"내가?"

금시초문인데? 거기가 고나은이 속한 걸그룹이라는 것까진 알아도 말이지.

"근데 그게 왜? 놀랄 일이야?"

"신곡을 누가 작곡했는지 들으면 놀랄 수밖에 없을걸요?"

아이돌과 연예계 쪽에 관심이 있는 아이라 그런지 들뜬 모습을 했다.

그래서 뭐? 라는 말이 턱 끝까지 차올랐지만, 이때 이런 말 하면 수아가 바로 삐진다는 걸 아는지라 겨우 삼켰다.

"누군데?"

그리고 별로 안 궁금하지만, 한번 물어봤다.

그러자 기다렸다는 듯 수아가 눈을 반짝거렸다. 동시에 수아가 내민 폰에서도 아우라가 반짝거렸다.

말 그대로 반짝반짝.

이게 무슨 말이냐면, 보통 아우라는 반짝거린다는 느낌이 아니었다.

빛이 일렁거리는 느낌이라고 하면 맞을 듯했다. 마치 오로라 같은 느낌.

그런데 수아가 건넨 폰 위에 머문 아우라는 별빛처럼 반짝거렸다.

처음엔 화면 빛 때문에 그런 건가 싶었는데 아니었다.

이건 아우라가 반짝거리는 거였다.

"뭐 하세요? 기사 안 보세요?"

"어? 어어. 봐야지."

폰을 들고 딴짓을 하고 있으니 수아가 이상하다는 듯 물었다.

일단 아무렇지 않게 기사를 보는 척 아우라를 계속 살폈다..

반짝반짝!

빛이 나는 아우라를 따라 시선을 옮기니 자연스럽게 폰 화면에 떠올라 있는 기사로 향했다.

기사?

[블루 카멜리아, 신곡 머쉬루비와 함께!]

[천재 프로듀서 머쉬루비의 새 작품 아티스트는 블루 카멜리아!]

수아가 말한 그 기사였다.
그리고 아우라가 반짝거리는 곳이기도 했다.
혹시나 싶어 기사를 쭉 내려다봤다. 연관 기사가 지나가고…….
관계없는 기사들이 나오자 반짝거림은 사라졌다.
'설마 이거?'
순간 머릿속을 스치는 생각에, 곧장 확인에 들어갔다.
안수혁에게 얻은 '감각' 재능을 사용하고 폰에 있는 기사들을 봤다. 그러자 확실히 구분됐다.
반짝거리는 기사와 그렇지 않은 기사들이.
"이거였구나."
"대박이죠? 머쉬루비랑 블루 카멜리아라니!"
"그러게. 대박이네."
수아와 말과 담긴 방향이 다르지만 어쨌든 대박은 대박이었다.
안수혁이 준 재능은 일종의 빅데이터 같은 거였다. 사람이 살다 보면 자연스럽게 쌓이는 빅데이터.
처음 본 사람에게서 싸한 느낌 혹은 좋은 느낌을 받을 때 보통 감이 좋다, 안 좋다를 말하는 것과 같다.
감이라고 말을 했지만 사실 그동안 쌓아 온 빅데이터가 말해 주는 신호인 셈인데…….

감각은 바로 그걸 이렇게 보여 주는 거였다.

그리고.

'반짝이는 건 역시 긍정적인 거겠지?'

의미도 쉽게 짐작할 수 있었다.

반짝거리는 아우라는 보기만 해도 기분이 좋았으니까.

좋은 일이 있을 것 같은 그런 반짝거림이었다.

수아 덕분에 빨리 발견했네. 아니었으면 한참 뒤 집에 가서 알았을 텐데.

"머쉬루비 아티스트 선택 까다롭기로 유명한데…… 근데 딱 블루 카멜리아랑 완전 잘 어울릴 것 같아서 사람들 다 난리예요."

"그래?"

조금 묘하긴 하네, 둘 다 친분이 있는 건 아니지만 그렇다고 아예 모르는 사람들도 아니라서.

호랑이 쉼터에 왔던 손님들의 콜라보라니…… 보기만 해도 기분이 좋다.

근데 단순히 그래서 이렇게 보이는 건가?

'나랑 관계없는 사람들한테서도 볼 수 있으려나.'

이건 한번 찾아봐야겠다.

어쨌든 또 하나 재능을 쓰는 방법을 알았으니 그건 어렵지 않았다.

'재미있는 재능이네.'

이건 그동안 이런저런 사람들 사이에 껴서 얻은 재능일까?

아마 그것도 있겠지만, 원래 가지고 있는 재능일 가능성도 높겠지.

소위 눈치 없는 사람들은 가질 수 없는 재능이니까.

물론, 놓인 상황 속에서 재능이 강화됐을 순 있겠다.

안수혁의 상황은 위로는 무능 혹은 나태한 관리자, 아래로는 이기적인 후임이 있었으니.

그래도 역시 원래 가지고 있던 재능이라고 봐야 맞을 듯했다. 자연스럽게 이런 빅데이터를 쌓을 수 있는 재능.

"앞으로 어떻게 될지 몰라도 이런 재능이면 이제 알아서 지뢰는 피해 가겠네."

"엥? 지뢰요? 갑자기 웬 지뢰예요? 어디 지뢰 나왔어요?"

혼잣말에 수아가 고개를 갸우뚱하며 폰을 가져갔다. 그리고 이리저리 기사를 찾아봤다.

하지만 그런다고 없는 기사가 나올 리가.

"그런 게 있어."

"치, 맨날 그런 게 있대."

"너도 어른 되면 그런 게 생길 거다."

"당연하죠! 저는 아이돌이 될 테니까."

"……그거랑 무슨 상관인데."

"그런 게 있어요. 푸히히!"

이런, 당했네.

개구쟁이처럼 웃는 수아의 모습에 나도 어이없는 웃음을 터트렸다.

정말 방심할 수 없는 녀석이다.
아무튼 이런 재능이면 안수혁은 알아서 잘해 나갈 것 같았다.
일을 하는데 중요한 능력이기도 하니까.
그게 회사 내부든, 외부든 말이다.
감각 재능에 대한 건 알아냈으니 잠시 넣어 두던 그때!
징! 징!
갑자기 폰에 톡이 왔다는 진동이 울렸다.
누구지?

─이거 뭐예요?
─신상이래요
─저도 마셔 볼래요. 지금 영업하나요?
─저도요.

누군가 했더니 이선아와 한송이었다. 수아 녀석이 그새 라임 모히토를 단톡방에 올렸던 모양이다.
그걸 보고 둘이 지금 카페에 가도 되냐는 톡을 보냈다.
"마감 시간입……."
"에이. 아니잖아요. 아직 시간 남았는데요?"
답장을 쓰려는 순간 수아에게 막혔다.
이런. 이 녀석, 너무 잘 알아.
호랑이 쉼터 영업시간쯤은 다 꿰고 있다는 듯 우쭐거리는 수아의 모습에 폰을 내려놨다.

어쩔 수 없지.
텃밭으로 재료를 따러 갔다.
그리고.
'어?'
또 새로운 광경을 목격했다.

＊　＊　＊

다음 날.
"꽃봉오리란 말이지."
텃밭의 터줏대감, 쑥쑥이의 가지에 꽃봉오리가 맺혔다.
어제 마감 전에 봤던 그대로였다.
한동안 또 변화가 없어서 괜찮나 싶었는데 이렇게 꽃봉오리를 맺다니.
하긴 요즘 카페에 아우라들이 많이 풍부해지긴 했다.
텃밭 입장에선 아주 영양이 많은 땅이라는 말이니.
"근데 만생공도 뭔지 알아냈는데, 쑥쑥이는 아직도 모르겠네."
이건 조금 아쉽다.
꽃봉오리까지 맺었는데도 아직 정체를 모르다니…….
그런데 왠지 그것도 조만간일 거라는 느낌이 왔다.
반짝! 반짝!
꽃봉오리 주변을 맴도는 아우라들이 반짝반짝 빛을 내

고 있었으니까.

 좋은 느낌이었다. 텃밭에서 유독 더 애착이 가는 녀석이었는데, 어느새 꽃을 피울 준비까지 한다니.

 게다가 꽃봉오리마다 아우라가 반짝반짝 빛을 내는 그 모습은 무척이나 신비로웠다.

 물론, 이건 나한테만 보이는 거겠지만.

 근데 축복이라는 효과도 주는 녀석이라 그런가?

 성장이 확실히 남다르긴 했다. 그리고 어째 나와 같이 성장하고 있는 듯한 느낌이었다.

 초창기부터 있었으니 틀린 것도 아닌가? 그래선지.

 "더 기특하네."

 툭툭!

 이번 꽃봉오리는 잘 크고 있는 내 새끼를 보는 듯했다.

 물론 텃밭의 작물 중 내 손을 거치지 않은 게 없으니 다 내 새끼나 다름없긴 했지만.

 너무 쑥쑥이만 편애하는 건가.

 슬쩍 다른 텃밭의 작물들의 눈치를 살폈다.

 쑥쑥이처럼 이름을 가진 꾸꾸와 여러 다른 귀한 작물들이 싱그러운 아우라를 뿜어 대고 있었다.

 그게 꼭 자기들도 봐 달라는 것 같아서 괜히 쑥쑥이의 나무 기둥을 두들기며 한 번 스윽 살폈다.

 다들 어디 아픈 곳은 없나, 불편한 곳은 없는지…… 딱히 없이 잘 자라고 있는 듯했다.

 음, 자연스러웠어.

아무튼 다시 쑥쑥이에게 돌아왔다.
'꽃 피우면 그땐 정체를 알려 주겠지?'
아닐 수도 있지만 뭐, 그때 가서 확인하기로 했다.
그런데.
"응?"
방금 뭐지?
쑥쑥이 주변으로 이상한 아우라가 보였다. 밝게 반짝거리는 게 아니라 음울하게 깜빡이는 느낌의 아우라였다.
그런데 순식간에 지나가서 이게 제대로 본 건지 헷갈렸다.
휙! 휙!
다시 주변을 둘러봤다.
착각일 리는 없었다. 분명 어딘가에 그 아우라가 있을 텐데.
웅웅!!
집중하니 어디선가 들리는 작은 바람 소리.
이건 벌이 날아다니는 소리다.
전에 텃밭 사이를 날아다니는 걸 봤으니 그리 이상한 건 아니다.
다만…….
부우웅!
이건 좀 다른 소리였다.
꿀벌이 날갯짓하는 것보다는 훨씬 큰 소리가 났다.
그리고 그 소리를 따라가니 보였다. 아까 봤던 음울하

게 깜빡거리는 아우라였다.
"말벌?"
정체는 말벌이었다.
놈은 꽃들 사이를 돌아다니며 열심히 일하는 꿀벌을 노리는 듯했다.
더 정확히는 꿀벌들의 집을 노리는 거겠지.
그 말은 즉.
'근처에 꿀벌 집이 있구나.'
이렇게도 연결이 됐다.
꿀벌이야 근처에 있어서 나쁠 게 없었다. 꽃들을 오가면서 열매를 만들어 줄 테니까.
근데 저렇게 말벌이 근처에서 오가는 것은…… 조금 곤란했다.
심지어 저렇게 음울한 아우라를 깜빡거리는 말벌이라면 더더욱.
괜히 오는 손님들이 다칠 수도 있었다.
'수아도 오고, 하준이 같은 애들도 올 수도 있으니까 더 주의해야 돼.'
이건 이대로 둘 수 없겠다.
그런데 어떻게 하지? 꿀벌 집을 찾아서 옮겨야 하나?
쑥쑥이의 해충 효과가 말벌한테도 작용되면 좋을 텐데…….
말벌은 너무 센가?
붕붕 날아다니는 소리가 위협적이긴 했다.

"저것까진 안 되는 거야?"

사라락~

쑥쑥이의 나뭇잎이 곤란하다는 듯 흔들거렸다.

얘는 정말 가끔 말을 알아듣는 것 같은 기분이 든단 말이지…… 하지만 당장 중요한 건 아니니 넘어갔다.

애초에 답을 원하고 물은 것도 아니니까.

답은 내가 알아내야 했다.

일단 쑥쑥이의 해충 방지 효과는 말벌에게 큰 소용이 없는 것 같고…….

"하나씩 내가 잡아?"

쑥쑥이로 안 되면 내가 잡아야겠으나, 역시 하나씩 잡는 것도 답이 나오질 않는다. 그러다 쏘일 수도 있는 거고.

이럴 땐…….

—이장님. 혹시 말벌은 어떻게 처리하시나요?

우리 동네 해결사한테 물어보는 게 제일 좋겠지.

근데 일을 하고 계셔서 바로 볼지는 모르겠다.

일단 나도 좀 찾아볼까?

—말벌이 근처에 자리를 잡았나?

어? 그때 바로 보셨는지 메시지가 왔다.

―예. 한, 두 마리 보이네요. 근처에 꿀벌 집도 있나 봅니다.
―오호? 꿀벌이?
―텃밭에 꽃이 폈는데 꿀벌들이 날아왔더라고요.

일단 현 상황부터 이장님께 설명했다.
그런데.

―앗! 꿀벌!

응? 얘는 뭐지?
수아가 왜 답을…… 아!
"이런. 단톡방이었네."
이장님한테 톡을 보낸 줄 알았는데 알고 보니 단톡방에 올린 거였다.

―사진! 아저씨 사진!

덕분에 수아가 요란하게 떠들기 시작했다.
……이 녀석은 지금 학교에서 수업 중 아냐?
그렇게 물으니 돌아오는 대답은 하나가 아니었다.

―쉬는 시간이에요! 그러니까 수업 시작하기 전에 얼른 보여 주세요~ 네~?

―와~ 꿀벌 귀엽겠다. 저도 꿀벌이 꽃 속에 파고드는 거 보고 싶어요
―말벌 아저씨 컨텐츠?

아니, 수아야 그렇다 치고 이 사람들은 또 왜 이래?
갑자기 꿀벌 얘기로 톡방이 난리다. 한송이 작가도, 이선아도…….
"괜히 말했네."
벌 얘기 한 번 했다가 이게 무슨 일인지.

―일단 벌들 좀 찍어 주겠나? 무슨 말벌인지도 알아야 하니. 꿀벌도 세력을 알 수 있으면 좋으니 주변에 혹시 벌집 있는지 한 번 알아봐 주고. 확인되면 바로 준비해서 가 볼 테니.

이장님까지 이러니 어쩔 수 없었다. 우선 말벌부터 사진을 찍어 보기로 했다.
'감각 덕분에 어디 있는지 아니까 찍기 어렵진 않겠지.'
집중하면 놓치지 않을 자신이 있었다. 물론 맨손으로 잡는 건 쉽지 않을 테니 도구를 찾았다.
"오."
괜찮은 걸 발견했다.
랑이의 밥그릇.
스테인리스로 만들어진 밥그릇은 면적도 무게도 적당

했다.
 왜앵?
 "잠깐 쓸게."
 지붕 위에서 랑이가 자기 밥그릇을 가져가는 내 모습을 보고 의아한 듯 고개를 갸우뚱했다.
 그러게, 너라도 말벌을 잡아 줬으면 이런 일은 없었을 텐데 말이지.
 음, 그건 좀 아닌가? 괜히 말벌한테 쏘일라.
 ……잠깐. 저 녀석, 혹시 그래서 요즘 텃밭에 잘 안 오나?
 최근 들어 텃밭에 오는 빈도가 줄어든 것 같은데…… 에이, 아니겠지.
 무슨 고양이가 벌을 무서워해.
 잡생각은 이쯤에서 접고 바로 말벌부터 찾았다.
 '저깄다.'
 다른 사람은 모르나, 나는 아우라만 찾으면 되니까 되레 찾기 쉬웠다.
 녀석을 발견하자마자 바로 살금살금 다가가서…… 그대로!
 뎅!
 "오?"
 뒤늦게 날아오르려던 말벌을 한 방에 격추시켰다.
 기절했는지 죽었는지 랑이 밥그릇에 맞고 그대로 땅에 떨어진 것이다.

그러자 왠지 모르겠지만 꿀벌들이 내 주변을 날아다니는 것 같은 착각이…….

'꿀벌의 용사가 된 기분인데.'

혼자 놀다 보니 이상한 생각을 많이 하는 것 같네. 일단 얼른 기절한 말벌 사진을 찍어서 단톡방에 올렸다.

그러자 단톡방이 난리가 났다.

물론 내가 생각했던 반응은 아니었다.

―혐짤을 멈춰 주세오.

수아 녀석…… 자기가 찍어 달라고 해 놓고.

―아, 이건 좀.
―못 쓰겠네.

한송이와 이선아의 반응도 다르지 않았다.

아니, 아까는 찍어 달라고 하더니 알다가도 모를 사람들이네.

그래도 이장님은 다르겠지.

―음. 등검은말벌이군.
―장수말벌 같은 게 아니고요?
―장수말벌은 아예 다르네. 소리부터가 벌 소리가 아니지. 아마 장수말벌이었으면 지금 저렇게 잡지도 못했을

걸세.
―아하. 그럼 이제 어떡하나요? 아, 꿀벌 사진도 찍을까요?
―꿀벌도 찍어 주게나. 더 좋은 건 꿀벌 세력을 알 수 있는 벌집을 찾아주는 건데 일단은 주변에 아는 양봉업자한테 물어보지.

역시 이장님은 달랐…….

―아, 그리고 저 사진은 빨리 좀 내려 주겠나? 이렇게 보니 영 보기 거북하군.
―……예.

조용히 사진을 삭제했다.
조금 억울했지만 어쩌겠는가, 어른의 말인데.
말벌 사진을 내리고 기절한 말벌은 주워서 치웠다.
나도 이게 귀엽진 않았으니까.
대신 이번엔 꿀벌을 찾았다.
붕~ 붕~
말벌에 비하면 앙증맞은 소리로 날아다니는 꿀벌은 비교적 더 찾기 쉬웠다.
숫자도 더 많았다.
여기저기 분주하게 꽃들 사이사이를 날아다니는 꿀벌들.

녀석들은 근방을 둥글게 날아다니고 있었다. 꿀을 채취하느라 바쁜 모양.

부우웅~

그러다 작은 꽃 속에 머리만 집어넣고 엉덩이를 열심히 씰룩거리는 녀석을 하나 발견했다.

잔뜩 집중했는지 내가 다가가도 모르는 거 같았다.

붕~ 붕~

꿀 채취가 잘되고 있는 건지, 아닌지는 모르겠지만……어쨌든 엉덩이는 신나 보인다.

'꿀벌이 원래 이렇게 귀여워 보였나?'

사실 어렸을 때도, 지금까지도 곤충에 큰 관심은 없었다.

시골에 살았을 땐 자주 봐서 그냥 그렇구나 싶었고, 도시에서 살 땐 보는 게 쉽지 않았다.

보더라도 이런 귀여운 모습이 아니라 조금 섬뜩한 녀석들과 반갑지 않은 곳에서 마주했지.

그랬는데 이렇게 보니까 이 녀석들 꽤 귀엽다.

씰룩~ 씰룩~

꽃가루 잔뜩 묻은 엉덩이가 분주한 머리 대신 열심히도 움직였다.

그 모습을 사진도 찍고 영상도 찍었다. 그리고 단톡방에 올렸다.

이건 좀 반응이 다르겠지.

하지만 이번엔 반응을 보지 않고 다시 카메라를 들어야

했다.
 지금 되게 웃긴 모습이 나올 것 같았다.
 꼼지락! 꼼지락!
 꽃 속으로 들어간 꿀벌이 어찌 된 일인지 나오지 못하고 우왕좌왕하고 있었다.
 '꼈네, 꼈어.'
 누가 봐도 머리가 낀 상황이었다.
 당황한 엉덩이와 날개, 그리고 다리들이 너무 웃겨서 영상에 담지 않을 수가 없었다.
 그렇게 잠시 충분히 영상으로 찍은 뒤.
 톡, 톡.
 결국 내가 녀석의 금빛털이 보송보송 난 엉덩이를 톡 치고 난 뒤에야 빠져나왔다.
 부웅~? 붕?
 뭔가 어리둥절한 듯 날아다니던 녀석. 그러다 나를 발견하고는 갑자기 이쪽으로 날아왔다.
 뭐지? 엉덩이를 건드렸다고 성질내려는 건가 싶었는데.
 툭!
 어깨에 앉더니 숨 돌리듯 가만히 있었다.
 '흠, 아우라 때문인가?'
 가만 보니 그런 것 같았다.
 벌이 앉은 곳 주변으로 아우라들이 잠깐씩 머물다가는 걸 봐선, 저걸로 아까 난리를 부리느라 소모된 기력을 회복하려는 모양.

이거 내가 마치 배터리 충전기가 된 느낌인데?

"잠깐 쉬었다가 가는 거야?"

당연히 대답할 리가 없는 질문이었다. 꿀벌은 어깨에서 잠시 쉬다가 이내 날아올랐다.

아차, 이럴 때가 아니지.

'이장님이 벌집도 찍어 두면 좋다고 했으니.'

지금 날아가고 있는 꿀벌을 따라가면 벌집이 있는 곳을 찾을 수 있지 않을까?

브라우니에게 손님이 오면 알려 달라고 한 뒤, 급히 꿀벌을 쫓았다.

붕붕 날아가는 꿀벌을 따라가는 건 쉽지 않았지만, 막상 따라가니 또 그렇게 어렵진 않았다.

왜냐면 보였으니까.

'아까 어깨에 앉으면서 아우라 덩어리 하나가 붙어서 다행이야.'

마치 엉덩이에 꽃가루를 묻힌 것처럼 꿀벌에게 아우라가 묻은 것이다.

그 덕분에 꼬리표가 붙은 거나 마찬가지여서 무척 잘 보였다.

물론, 쑥쑥이의 축복을 급히 써야 하긴 했지만.

'축제 때 썼던 건 사람들 아우라 덕분에 또 충전됐으니까.'

그래서 그건 문제가 없었다.

부웅~ 붕~

그렇게 꿀벌을 따라 뒷산을 오르던 그때!

꿀벌이 한 나무 앞에 멈췄다. 그리고 그 주변을 춤을 추듯 빙글빙글 맴돌았다.

뭐 하는 건가 싶어서 지켜보니…….

'다른 벌들한테 알려 주는 거구나.'

들어는 봤다. 벌들은 자신들이 먹고 온 맛있는 꿀이 어디 있는지 다른 벌꿀들에 알려 준다고.

그렇게 생각하니 저 모습 또한 웃기면서 귀엽다.

붕~ 붕~

한참 그렇게 춤을 추듯 날아다니던 녀석은 이내 나무 기둥에 붙었다.

아마 저기에 벌집이 있는 모양.

가까이 다가가지는 않고 멀찍감치 떨어져서 그 모습을 관찰했다.

주변에 날아다니는 꿀벌의 개체수라든가, 나무에 붙어 있는 꿀벌 수. 그리고 나무 틈으로 살짝살짝 보이는 내부까지.

일단 내가 자세한 것까지는 알 수 없으니 눈으로 다 담았다.

그런데 묘한 느낌이 자꾸 들었다.

'이건.'

바로 감각을 끌어올려서 보니 왜 그런 느낌인지 알 수 있었다.

꿀벌들 사이에 아까의 그 음울하게 깜빡거리는 아우라들이 끼어 있었다.

등검은말벌이라고 했던가? 이미 꿀벌들의 둥지를 찾은 건지 말벌들은 공격 중이었다.

부웅~ 붕!

꿀벌들은 그런 말벌들에 대항해서 싸우고 있긴 한데…….

'점점 약해지고 있어.'

저항의 강도가 점점 줄고 있었다. 아무래도 꿀벌이 밀리는 듯했다.

안타까운 건 내가 여기서 뭘 해 줄 수가 없다는 거였다.

보호 장비를 찬 것도 아니고, 말벌들은 잘못 건드리면 나도 다칠 수 있었다.

게다가 꿀벌들도 지금 잔뜩 성이 난 상태라 피아 구분을 할 리가 없었고.

그래도 조금 안타까움에 쉽게 발을 못 떼고 있는데…….

지잉!

—양봉업자는 아닌데 말벌 집으로 술 담그는 분이 있네. 그분한테 말해 두긴 했는데 지금 마을에 있질 않아서 시간이 좀 걸릴 듯하네.

이장님에게서 답신이 왔다.

그런데 지금은 안 된다고 한다.
'그럼 저 꿀벌 집은…….'
그냥 저렇게 둬야 하는 건가?
 아까 그 꿀벌 탓인지 더 아쉬움이 들었다. 그 잠깐 어깨에 쉬었다 간 모습도 생각이 나고.

 ─지금 꿀벌 집 찾았는데, 말벌들한테 공격당하고 있는 것 같습니다.
 ─어느 정도인가?
 ─꿀벌들이 밀리는 것 같습니다.
 ─이런. 말벌 세력이 꽤 크구먼. 이거 빨리 처리해야 될 것 같은데…….
 ─꿀벌 집은 어떻게 못 구하겠죠?
 ─지금 공격하는 말벌을 잡으면 당장은 지키겠지. 근데 말벌 집 세력이 커서 어차피 오랜 못 갈 수도 있어.

부정적인 답이었다.
그런데 또 완전 불가능하다는 얘기는 아니었다.

 ─말벌들 쫓아내고 말벌 집을 없애면 될까요?
 ─그러면 되긴 하네만…….
 ─혹시 제가 할 수 없을까요?
 ─자네가? 말벌 잘못 건드리면 다쳐 이 사람아.

이장님이 위험하다며 말렸다.

그리고 톡을 보고 있던 다른 이들도 마찬가지. 물론, 나도 위험하게 할 생각은 없었다.

―혹시나 해서 물어보는 거예요. 말벌들 유인한 뒤에 벌집만 치우면 되지 않을까요?
―그야 말이야 쉽지. 그런데 말벌을 어떻게 유인하려고?
―말벌들이 좋아하는 게 있으면 알려 주세요.
―가만 보자. 등검은말벌이면…… 유인액이 있어야지. 아마 설탕물이랑 막걸리 좀 섞으면 될 텐데…… 막걸리는 없으면 요구르트 같은 것도 되고. 아무튼 그걸 만들어서 덫에 넣어서 잡으면 될 거네.

이장님의 말에 이거다 싶었다.

―근데 그것도 막 그렇게 달려드는 건 아니라서 당장은 힘들 걸세.

그건 괜찮았다. 막 달려들게 만들 방법이 있을 것 같으니까.

그 뒤로 말벌 집을 제거하는 방법도 들었는데 그건 더 간단했다.

방호복 잘 챙겨 입고 말벌 집을 따서 통에 넣으면 끝.

물론 이것도 말벌들이 공격하기 전에 해치워야 하지만…….

'할 수 있을 것 같은데?'

그냥 맨몸이면 당연히 안전하게 사람을 불렀을 거다. 그런데 내겐 만생공이 있었다.

물론, 최소한의 안전장치도 있어야겠지. 카페로 돌아와 창고를 열었다.

"역시 있네."

그곳엔 할아버지가 썼을 것으로 추정되는 방호복이 있었다.

촘촘한 그물망으로 된 옷이었다.

안전장치는 확보. 그럼 그다음은…… 유인액.

설탕물에 발효가 된 요거트를 살짝 섞었다. 그리고 잠깐 토리의 굴에 뒀다.

삐!

"미안. 잠깐만."

토리가 마음에 들지 않아 했지만, 어쩔 수 없다.

샤인머스캣 몇 알로 잘 달랜 뒤 발효된 유인액을 꺼냈다.

시큼하면서 달달한 냄새가 났다.

하지만 이것만으로는 당연히 부족했다. 여기에 이제 제대로 된 효과를 넣어야지.

'여러 가지 효과가 중첩되면 좋을 텐데…… 되려나?'

말벌들을 유인할 효과들을 떠올려 봤다.

일단 매력, 몰입, 조율 등등의 금생의 재능과 손재주 같은 목생의 재능들이 떠올랐다.
이장님의 말을 듣고 생각난 게 바로 이거였다.
이것들을 다 때려 넣으면 될 것 같았으니까. 물론 한 번도 해 보진 않았지만.
'이참에 해 보면 되지.'
지금도 꿀벌들은 말벌들과 치열하게 싸우고 있었다.
아까 그 귀여운 녀석도 마찬가지겠지.
주저할 시간에 일단 시도라도 하고 봐야겠다.
바로 재능을 발현했다.
우우웅!!
그러자 주변의 아우라에 공명이 일었다. 그리고 손에 물든 아우라 또한 그에 동조했다.
'목생과 금생으로 묶어 놓은 이유가 있겠지.'
그걸 한 번 믿어 보며 천천히 손을 움직였다.
사라락~
묘한 감각과 함께 아우라들이 섞이기 시작했다.
손재주와 함께 매력이, 그림과 함께 조율이.
재능과 아우라들이 한데 섞여 완벽한 하모니를 펼쳤다.
'아!'
그제야 깨달았다.
만생공을 어떻게 써야 제대로 쓰는 건지.
목생의 재능들은 각각의 재능이었지만 또한 하나이기

도 했다. 금생의 재능 또한 마찬가지.

그리고 그런 목생의 재능들과 금생의 재능들은 서로 시너지를 일으킬 수 있으니…….

살랑~ 살랑~ 신선의 손짓 같은 손의 움직임에 따라 목생과 금생의 재능들이 펼쳐졌다.

팟!!

그 결과.

[말벌 유인액]
*효과
—말벌을 강하게 유인한다.
—유인된 말벌은 경직 상태에 빠진다.

"……됐다."

될 것 같은 느낌이라 하긴 했는데, 막상 진짜 되니까 얼떨떨하다.

하지만 만생공의 능력이 꼭 음료와 디저트에만 쓰이지 않는다는 건 앞서도 확인하지 않았던가.

수아의 무대에서도, 또 쉼터들을 만들면서도.

물론 재능들이 목생, 금생으로 묶여서 하나처럼 행동하고 또 둘이 시너지를 일으킬 줄은 몰랐지만.

어쨌든 지금 중요한 게 뭔지 떠올리며 정신을 집중했다.

지금은 해야 할 일이 있지 않은가.

효과가 붙은 유인액을 말벌 집도 들어갈 정도로 큰 통에 넣었다.

그리고 조율을 활용하며 잠시 기다리니…….

부웅!

텃밭에 어슬렁거리던 말벌 하나가 날아와 그대로 쏙 들어갔다.

그러고는 그대로 기절.

효과까지 확실히 봤으니 지체 없이 통의 뚜껑을 닫고 다시 산을 올랐다.

"이런."

그새 꿀벌 집 주변으로는 죽은 꿀벌들이 수북하게 쌓여 있었다.

몇몇은 말벌을 감싸며 같이 뭉쳐 있었고, 몇몇은 상처가 난 채 주변에 떨어져 있었다.

아직도 말벌 몇 마리가 주변을 날아다니며 기회를 엿보고 있는 게 보였다.

스륵!

뚜껑을 열었다.

그러자 꿀벌들과 전투 중이던 말벌이 갑자기 이쪽을 향했다.

그리고는.

부우웅!!

한, 두 마리가 아닌 수십 마리가 사방에서 날아오니 그 소리가 장난이 아니었다. 하지만…….

쏙!

 말벌들은 내게는 시선도 주지 않고 곧장 통 속으로 들어갔다.

 만든 유인액이 제대로 먹힌 것이다.

 탁!

 말벌들이 기절한 걸 보고 뚜껑을 닫았다. 이제 진짜 남은 건, 본진밖에 없었다.

 아차! 근데 본진을 안 찾았는데…….

 부웅~?

 "응? 넌."

 그때, 꿀벌 한 마리가 날아왔다.

 그리고 눈앞에서 이리저리 춤을 췄다.

 이건 아까 꿀 잘 먹고 와서 친구 꿀벌들한테 하던 춤 같은데…….

 '아!'

 소통 재능을 발현하자, 꿀벌이 하는 말을 얼추 이해했다.

 녀석은 지금 말벌의 본진을 알려 주고 있었다.

* * *

 꿀벌 대소동의 마지막은 말벌 집의 본진을 터는 거였다.

 그리고 그 작업은 무장한 보호복이 민망할 정도로 순조

롭게 이뤄졌다.

어쩌면 제일 난관일 수도 있는 말벌 집의 본진을 찾는 것부터 그랬다.

부웅~ 붕~

꿀벌의 안내를 따라 올라간 산기슭.

우리 카페 뒷산에 이런 길이 있었던가? 처음 보는 풍경이 지나갔다.

그리고 마침내 찾은 말벌 집은 딱 봐도 남다른 감각이 느껴졌다.

메마른 나무껍질 같은 외관 하며, 주변에서 위협적으로 날아다니는 말벌들까지.

아마 이런 것에 익숙하지 않은 사람이라면 바로 돌아서 갔을 거다.

나도 딱히 익숙한 건 아니었지만, 그래도 내겐 특별한 힘이 있었다.

'브라우니.'

괜히 겁을 먹어서 손이 떨리면 안 되니까 브라우니의 기세를 받았다.

그리고 곧장 가지고 온 통을 열었다.

부우웅!!

꿀벌의 집에서와 차원이 다른 말벌들의 날갯짓 소리가 다가왔다. 역시 본진이라 그런지 엄청난 수.

그리고…… 결과는 뭐, 똑같았다.

통에 들어가자마자 기절.

"좋아 좋아."

차이라면 통이 시커멓게 변할 정도로 많다는 거?

통에 들어가 있어서 위협은 안 되는데 괜히 움찔하는 모양이었다.

"후우."

우선 안도의 한숨을 고르고.

계속해서 말벌들이 날아오고 있는 가운데, 천천히 말벌 집 쪽으로 이동했다.

부우~?

"넌 들어가 있어."

여기까지 안내해 준 꿀벌은 혹시 모르니 앞치마의 가슴 쪽 주머니에 넣었다.

궁금한지 머리를 내밀다가 말벌 집 쪽으로 가니까 알아서 쏙 들어갔다.

진짜 특이한 녀석이란 말이지. 그냥 꿀벌 같지 않고 꼭 브라우니나 토리, 혹은 랑이 같은 느낌이었다.

진짜 소통이 되는 듯한?

아무튼.

'집중. 집중하자.'

아직도 위험은 유효했다.

잘못해서 한번 쏘였다간 한참 고생할 테니까.

어느새 말벌 집이 코앞이었다.

아무리 통에 든 유인액의 효과가 좋다지만 그래도 실수는 안 하는 게 좋았다.

계속해서 말벌들이 통 속으로 들어가는 가운데, 말벌 집 앞에 섰다.
생긴 게 꽤나 흉측하다. 나무에 악마의 열매가 매달려 있는 것처럼 보일 정도.
다행히 손을 올리면 딱 닿을 위치여서 나무를 타지 않아도 됐다.
'의외의 변수에서 실패할 뻔했네.'
아무튼 통을 그대로 들어 올려 말벌 집이 입구 안으로 들어가는지 한 번 가늠해 봤다.
이거면 될 것 같다.
그럼 지체하지 않고…….
쑤욱!
바로 통 안에 말벌 집을 넣고, 그대로 나뭇가지에 달린 말벌 집을 쳐 냈다.
투둑!!
힘들이지 않고 떨어진 말벌 집.
마치 나무껍질이 부서지듯 안에서 부서지며 안에 있던 말벌들이 나오려는 순간!
콰악!
바로 뚜껑을 닫았다.
벌집 밖에도 말벌들이 조금 날아다니긴 했지만, 이 정도야 괜찮았다.
금방 밖에서 풍기는 유인액의 냄새에 저쪽으로 갔으니까.

그나저나 중요한 것은…….

붕! 부우웅! 붕!

통속에서 들리는 소리가 심상치 않았다. 무슨 장마 때 장대비가 쏟아지는 것처럼 두다다다 쏘아댄다.

그 살벌한 소리에 식은땀을 살짝 훔치며 뚜껑을 한 번 더 확인했다.

빠져나오는 말벌은 없었다.

걱정과는 달리, 되게 순조롭게 이뤄진 작업이었지만 그렇다고 마냥 쉽진 않았다는 듯 힘이 쭉 빠진다.

아마도 나도 모르게 긴장을 했었던 모양.

그래도…….

"해 냈다."

시골에서 카페를 하니 정말 별의별 일을 다 하게 되는 것 같다.

내가 살다 살다 말벌을 잡고 말벌 집을 치우는 날이 올 줄 누가 알았겠나.

근데 또 이렇게 해내니 뿌듯하기 그지없었다.

바로 말벌 집을 처리한 증거를 찍어서 단톡방에 올렸다. 그러자 수아와 한송이, 이선아 다들 놀란 반응을 보였다.

신기하다며 더 보여 달라는 걸 아까 일의 소심한 복수 삼아 바로 톡창을 껐다.

진짜 궁금하면 와서 보겠지.

그 전에 아까 촌장님이 말했던 전문가분이 와서 처리할

수도 있고.
 어쩐지 속이 좀 시원한 것 같다.
 그렇게 상황이 끝나고 이제 뒤처리가 남았는데…….
 부우?
 앞치마 속 꿀벌이 고개를 내밀었다. 하지만 곧 다시 안으로 들어갔다.
 그 모습이 많이 지쳐 보인다.
 "음."
 살짝 집어서 손바닥 위에 올렸다.
 신기하게 내게 벌침을 쏘려고 하진 않았다.
 '괜찮으려나.'
 일단 말벌 집은 처리했으니 다시 텃밭으로 내려왔다. 그곳엔 한바탕 난리가 났는지도 모를 평화로운 풍경이 보였다.
 뒤이어 손바닥 위 꿀벌을 꽃이 있는 곳까지 옮겼다.
 그러자 처음 봤을 때 모습처럼 꽃 안에 머리만 넣고 쉬는 녀석.
 그런 녀석에게서 반짝거리는 아우라와 음울하게 깜빡거리는 아우라가 동시에 보였다.
 텍스트창 또한 보였다.
 그리고 그걸 통해 꿀벌의 상태를 정확히 알 수 있었다.

 [꿀벌]
 *상태

―말벌의 습격에 여왕벌과 가족들의 복수 후 생명이 꺼져 가는 중.
*잠재 상태
―죽음
―차기 여왕벌

 예상 했던 문구와 함께, 예상하지 못했던 잠재 상태를 볼 수 있었다.
 이건 또 뭐지?
 얘가 여왕벌이 된다고? 일벌이 그럴 수가 있는 건가?
 그리고 보면 여왕벌이 죽으면 새로운 여왕벌을 키우는 건 가능한 것 같았다.
 근데 일벌이 여왕벌이 되는 건 들어 본 적이 없는데?
 '결국 로열 젤리 듬뿍 먹인 애벌레가 여왕벌이 되는 거니까.'
 유전적으로 일벌과 여왕벌의 차이는 없다고는 하지만, 결국 성장 과정이 달라서 일벌이 여왕벌이 되는 건 불가능한 일이어야 했다.
 그런데 텍스트창은 그게 아니었다.
 분명 잠재 효과에 있었다.
 개안의 능력이 그렇다는데 그냥 무시할 순 없었다.
 반드시 이 꿀벌을 살려야 된다는 건 아니지만, 어쨌든 이대로 보내는 것도 좀 아쉽지 않나.
 나름 인연이 있는 아이니까.

'아까 만생공도 됐잖아.'

해 보자.

이번엔 꿀벌이 손님으로 왔다고 생각하는 거다. 조금 특별한 손님이라고 생각하면…….

그때!

딸랑~딸랑~

공교롭게도 이 타이밍에 문이 열리는 소리가 나다니!

'음.'

잠깐 고민하다가 안으로 들어왔다.

손님의 상태를 보고 양해를 구하든지, 혹은 동시에 해결하든지 해 보려는 건데.

"응?"

뭐지? 이상한 느낌이 들었다.

카운터 앞에 앉아 있는 여자 손님에게서 나는 묘한 분위기 탓이었다.

"어서 오세요~"

일단 인사를 해 보는데.

끄덕.

손님은 그냥 고개만 끄덕였다.

이상하다. 근데 뭐가 이상한 건지…….

'아니, 그냥 다 이상한데?'

옷, 머리 스타일, 움직임 전부 묘한 느낌을 주고 있었다.

일단 엄청 화려한 머리색이 눈에 들어왔다. 금발과 흑

발이 섞인 긴 생머리에 눈동자도 오드아이인 듯 오른쪽이 금색, 왼쪽이 흑색.

새하얀 얼굴은 아주 밝게 빛났으나, 굳게 다문 입 덕분인지 다가가기 힘든 느낌을 주었다.

그런 데다가 옷은 또 화려한 노랑과 검정의 원피스.

아무튼 눈에 무척이나 띄었다.

'방금까지 꿀벌을 보다 와서 그런가?'

눈을 슬쩍 비벼 봤지만 그대로였다.

현실이라는 말인데.

그래, 앞에 나열한 건 좀 특이한 사람이면 그럴 수 있다고 칠 수 있다.

그런데 왜 사람에게서 인형 같은 느낌이 나는 거지?

이건 뭐라 말할 수가 없는 느낌인데, 아무튼 표현하자면 그랬다.

인형이 움직이는 것 같은 미묘한 느낌.

그리고 그때 새로 온 손님이 입을 열었다.

"그대. 이곳의 주인인가?"

"예?"

말투는 또 왜…… 잠깐만.

순간 머릿속으로 스치는 한 가지 가정에 몸이 멈췄다.

설마 저 사람?

'저번에 왔던 멧돼지 같은 경우인가?'

브라우니를 얻었던 그때처럼, 사람이 아닌 존재가 손님으로 온 경우라면 이 느낌이 이해가 된다.

마침 그런 상상도 하지 않았던가? 꿀벌이 손님으로 온 경우를.

물론 저 모습을 보니 보통은 아닌 거 같아 보였다.

"예. 맞습니다."

그러니 일단은 공손하게 나가자.

"놀라지 않는군."

"짐작 가는 바가 있어서 그렇습니다."

"짐작이 가는 바가 있다라…… 생각은 그리하고 싶어도 보통은 몸도, 마음도 굳기 마련일 터. 과연 이곳의 주인답구나."

괴상한 말투였지만 개의치 않았다.

머리가 돌아가니 이제 보였으니까.

[여왕벌]
*상태
─??

저 특별한 손님에게서 보이는 텍스트창이 의문을 해소시켜 줬다.

진짜 여왕벌이었던 것.

멧돼지 일을 겪은 뒤, 언젠가 또 비슷한 일이 찾아오지 않을까 생각은 했었다. 그게 오늘 일 줄은 몰랐지만.

'말벌 대소동 정도로 끝날 일인 줄 알았는데 더 큰 이벤트가 있었네.'

그렇다면 이 이벤트는 어떻게 헤쳐 나가야 할까.

상태는 볼 수 없었다.

대상이 특이해서 그런 건지, 아니면 내가 볼 수 없는 건지 모른다.

몰입으로 개안의 단계를 올려서 볼까 싶었지만, 왠지 그러면 안 될 것 같은 느낌이라 빠르게 접었다.

빤히 나를 보고 있는 금안과 흑안이 마치 속을 꿰뚫어 보는 듯했으니까.

이럴 땐 역시 정공법이지.

"메뉴, 주문하시겠어요?"

말벌 대소동은 잠시 잊었다. 그리고 본업으로 돌아가서 물었다.

피식.

그러자 내 물음에 여왕벌이 작게 웃음을 지었다.

"편하게 하면 되네. 나는…… 꿀을 먹고 싶군."

"꿀, 말씀이시군요."

어렵지 않은 주문이었다.

지금 메뉴판에는 없는 메뉴지만 꿀은 있다. 하지만 그냥 꿀을 주면 되나?

"물론 그냥은 재미없을 것 같군."

이런, 여왕벌이 장난기 어린 미소를 지으며 주문을 이었다.

까다로운 조건을 달려는 건가.

"밖에 있는 내 아이를 살릴 꿀을 만들어 주게."

"……밖에 있는 아이라고 하면. 그 꿀벌을 말하는 거죠?"

끄덕끄덕.

내가 생각하는 그 꿀벌과 여왕벌이 생각하는 그 꿀벌은 같은 듯했다.

안 그래도 시간이 갈수록 마음에 걸렸는데. 이쪽에서 먼저 그렇게 말하니 오히려 좋았다.

물론 어떻게 해야 그 꿀벌을 살릴 수 있을지는 아직 모르겠지만.

대체 저 아이를 구할 수 있는 꿀이라는 게 뭐지?

그렇게 생각하고 있는 와중.

―아저씨! 꿀벌 집은 어떻게 됐어요?
―그러게요. 저도 궁금하네요.
―컨텐츠?

눈치 없이 수아와 단톡방 일행들의 톡이 왔다.

이 사람들이 진짜…….

지금 꿀벌 집이 문제가 아니…… 지?

잠깐, 꿀벌 집에는 당연히 꿀이 있겠지? 그 꿀이면 어떻게 방법이 있지 않을까?

그때 그런 나를 응시하던 여왕벌이 나직이 말했다.

"신기하군. 왜 해야 되는지 묻지 않는 건가?"

"그야, 뜻이 같으니까요?"

"뜻이 같다라······."

여왕벌이 묘한 표정을 지었다.

말 그대로였을 뿐이다.

나도 꿀벌을 살리고 싶었으니까. 그리고 기왕이면 여기까지 온 여왕벌도 잠시 이곳에서나마 쉬었다 가면 좋으니까.

그러려면.

"잠깐 자리를 비워도 되겠습니까?"

"그러시게. 하지만 시간이 많지는 않네."

그 시간이 꿀벌의 남은 시간을 말하는 건지, 아니면 여왕벌 자체의 시간을 말하는 건지는 알 수 없었다.

하지만 둘 다 많지 않은 건 알겠다.

서둘러 밖으로 나왔다.

오늘 산을 몇 번 타는 건지 모르겠네. 생각해 보니 축복을 미리 쓰길 잘했다.

또 축복을 쓰고 하면 번거로웠을 테니까.

'찾았다.'

길이 익숙하니 금방 꿀벌들의 집이 있는 나무를 찾았다.

나무 주변으론 여전히 죽은 꿀벌들이 보였다. 가까이 다가가 나무 틈을 보니 안에는 황금빛 꿀이 반짝거리는 벌집이 있었다.

꿀벌들이 한 노동의 결실이었다.

"미안해. 조금만 가져갈게."

집을 지키는 건지. 이제는 몇 없는 꿀벌들이 붕붕 날아왔지만, 다행히 쏘진 않았다.

덕분에 차분하게 나무 틈으로 벌꿀 집을 살피며 어딜 가져가야 할지 보는데…….

"있다."

바로 찾으려던 걸 발견했다.

그건 바로…… [로열 젤리]였다.

일벌과 여왕으로 나눠지는 결정적인 이유.

성장 과정에서 여왕이 될 애벌레는 이것만 먹고 자란다. 물론, 이미 일벌이 된 꿀벌에게 이걸 먹여봐야 여왕이 되진 못하겠지만.

그건 일반적인 경우고, 지금은 조금 다르다.

'일단 여왕벌이 카페 와서 주문하는 것부터가 일반적이지 않으니.'

로열 젤리의 상태부터 살폈다.

벌집의 한쪽에 몰려 있는 아주 소량의 로열 젤리였다.

[로열 젤리]
*상태
—오랜 시간, 대대로 내려오는 황금 젤리
*효과
—대상의 잠재력을 개화시킨다.

역시나 평범하지 않았다.

그리고 양은 보는 것처럼 정말 적었다.

원래 로열 젤리의 양이 얼마인지 모르겠지만, 저 정도면 한두 번 요리에 쓸까 말까 한 정도였으니.

하지만.

'이거면 충분해.'

어차피 여러 번 쓸 시간도 없었다.

조심스럽게 손을 집어넣었다. 그리고 만생공의 목생을 발현시키며 조심스럽게 로열 젤리를 채취했다.

한 방울이라도 흘리면 안 되니까. 그렇게 가지고 온 통에 넣고…… 또 카페로 달렸다.

동시에 이걸로 뭘 만들지도 머릿속에 떠올렸다.

2장

 주방에 서니 신기하게도 가쁘게 차던 숨이 빠르게 가라앉았다. 그리고 머릿속도 맑아졌다.
 익숙해서인지, 아니면 이제 다른 건 생각할 것 없이 하나만 집중하면 돼서 그런 건지 모르겠지만…….
 '아, 토생의 재능 덕분인가?'
 마음가짐과 관계있는 재능들이 합쳐진 토생의 덕도 있는 것 같다.
 뚝심(2)이나, 외유내강이나.
 뭐, 아무튼 좋았다. 차분하게 가져온 통을 올렸다.
 '여기에 다른 재료들도.'
 그리곤 머릿속에 있는 레시피대로 천천히 재료들을 꺼냈다.

"봐도 되나?"

"그럼요."

여왕벌이 카운터에서 고개만 빼꼼 내민 채 물었다.

그 모습이 마치 아까 말벌 집을 처리할 때, 내 앞치마에서 머리만 내민 채 구경하던 꿀벌을 떠올리게 했다.

꿀벌은 원래 호기심이 강한가?

음, 잘은 몰라도 평범한 꿀벌이 아니니까 그럴지도.

이 로열 젤리도 오랜 시간 묵은 거라고 하니 어쩌면 저 여왕벌은 뒷산의 터줏대감일지도 몰랐다.

"혹시 여기에 또 오신 적이 있습니까?"

"아주 어릴 때 온 적이 있으나, 이 모습으론 처음이지."

"그렇군요."

역시 예상대로였다.

"그러는 그대는 익숙해 보이는군."

손재주가 익숙해 보인다는 건지, 아니면 자신 같은 존재를 상대하는 게 익숙하다는 건지 알 수 없는 말이었다.

그래서 그냥 대충 둘 다라고 생각하며 고개를 끄덕였다.

"이젠 꽤 익숙해졌습니다."

"과연."

대화를 하는 사이에도 손은 쉬지 않았다. 확실히 만생공을 제대로 활용하니 더 수월했다.

머릿속으로 그리고 있는 게 손을 통해서 다 재현되는 느낌이라고 해야 하나?

'마치 게임에서 하는 자동 사냥 같은 느낌이네.'

부하 직원이 하는 것을 종종 봤었다.

전체적인 건 자동으로 돌리면서 중요한 포인트에서만 꾹꾹 터치해 댔지.

그래서 장단이 있긴 했다. 수동은 또 수동만의 섬세함이 있으니까.

물론 그렇다고 만생공의 섬세함이 부족하다는 건 아니었지만.

아무튼.

'로열 젤리보다는 꿀에 집중해야겠지.'

본디 로열 젤리는 맛이 없다. 굳이 표현하자면 시고 매운 맛?

영양을 생각하면 좋을지 몰라도 맛은 확실히 별로였다.

그래서 통 안에는 로열 젤리뿐만 아니라 꿀이 든 벌집도 있었다.

아니, 솔직히 말하면 로열 젤리를 가져온 게 아니라 벌꿀을 가지고 왔다고 하는 게 맞을 정도로 양에 차이가 났다.

애초에 떠올린 레시피가 그랬다.

'여왕벌이 괜히 꿀을 먹고 싶다고 했겠어?'

여왕벌은 평생 로열 젤리만 먹고 자란다고 한다.

그 맛없는 것을 평생 먹는다니…… 몸에 좋을지는 몰라도 좀 별로일 거 같다.

그러니 얼마나 꿀이 먹고 싶었을까.

바로 옆에 그 맛있는 게 있는데 먹질 못하니.

그래서 꿀의 맛을 최대한 살리는 메뉴를 골랐다.

사실 꿀의 맛을 살린다기보다는 그냥 꿀을 먹는 거나 다름없긴 하지만.

우선 우유와 바닐라 빈을 냄비에 넣고 끓였다.

바닐라 빈은 씨까지 박박 긁어서 풍미를 최대한 살릴 수 있게 하는 게 좋았다.

이러면 우유의 잡내와 비린내도 잡고 일석이조다.

그래서 그만큼 비싼 거지만.

아무튼, 뒤이어 한쪽에선 생크림을 휘핑했다.

양은 우유의 절반 정도. 너무 많아도 안 좋았다.

휘핑은 거품이 단단해질 때까지 할 필요는 없고 부드러운 거품이 생길 때까지만 하면 된다.

이제 설탕도 조금 넣고 적당히 부풀면 이제 끓인 우유와 섞으면 되는데…….

여기서 우유는 팔팔 끓이지는 않게, 뭉근하게 데운다는 느낌으로.

왜냐면 잘못하면 생크림의 거품이 그냥 다 죽어 버리는 수가 있으니까.

그러니 생크림에 섞기 전에 살짝 식힌 뒤에 섞어야 한다.

'그 전에…….'

아직 식히기 전의 우유에 판 젤라틴을 넣었다. 젤라토

의 쫀득함을 만들어 주는 재료였다.

그리고.

'우유 아이스크림 위에 벌꿀이면 끝이지.'

이보다 더 꿀을 맛있게 먹을 수 있을까?

꿀은 우유 맛과 정말 궁합이 잘 맞았다.

꼭 우유가 아니더라도 이렇게 우유를 가공한 것과도 찰떡궁합.

그래서 젤라토를 선택한 거다.

그냥 우유에 꿀을 탄 건 심심하고, 그렇다고 엄청 거창한 걸 만들 순 없으니까.

그리고 애초에 꿀을 가지고 아무리 거창하게 굴어 봐야, 결국 꿀맛이다.

그러니……

'됐다.'

딴생각하는 사이 판 젤라틴이 우유에 다 녹았네.

이제 생크림과 하나 되게 섞는다. 그러면 이제 얼리는 일만 남았다.

냉동실에 넣고 15분 정도 간격으로 꺼내서 저어 주면 더 부드러운 젤라토를 만들 수 있는데…….

시간이 그리 많지 않으니 다른 방법으로 시도하기로 했다.

"호오?"

얼음을 가져와 넓고 깊은 볼을 채우자 여왕벌이 신기한 듯 구경했다. 그 기대에 답하듯 얼음 위 소금을 뿌렸다.

2장 〈83〉

"으응?"

의문 가득한 표정이 참 고급스럽네.

여왕벌이라 그런가.

이래서 외형이 중요한 걸지도…….

아무튼 여왕벌에게 가는 시선을 돌려 소금 뿌린 얼음 위로 스뎅 볼을 올렸다.

당연히 텃밭에서 말벌 잡던 랑이의 그릇은 아니었다.

거기에다가 만들어 둔 액체 상태의 젤라토를 부었다.

'젤라토는 노동을 갈아서 만들어야 제맛이지.'

저었다. 그리고 또 저었다.

젤라토가 품고 있는 열이 얼음과 소금이 있는 곳으로 다 뽑아낼 수 있게 골고루 계속 휘젓다 보면…….

어느새 몽글몽글 얼기 시작하는 걸 볼 수 있다.

'된다!'

내 손을 갈면 좀 더 쫀득하고 고소한 젤라토를 완성할 수 있어.

착! 착! 착!

점점 팔이 무거워지는 건 당연했다.

저으면 저을수록 젤라토에 끈기가 생겼으니까.

"고생하는구나."

"별로 어렵지 않습니다. 심심하시면 같이 해 보시겠습니까?"

"괜찮네. 보는 것도 즐겁구나."

거참, 묘하게 말하는 게 조금 얄밉네.

그래도 다행히 팔이 다 갈리기 전에 젤라토가 완성됐다.

"후우—."

잠깐 숨을 고르고, 스쿱으로 예쁘게 젤라토를 폈다.

완성된 쫀득쫀득한 식감이 손으로도 잘 느껴졌다.

포도송이처럼 예쁘게 그릇에 담고 이제 대망의 로열 젤리와 함께 황금빛 꿀이 가득 들어 줄줄 흐르는 벌집을 그대로 그 위에 꽂았다.

"황금 벌집 젤라토 나왔습니다."

"호오!"

여태까지 만든 것 중에 가장 힘을 많이 쓴 메뉴가 손님의 앞에 놓였다.

여왕벌은 호기심을 보이며 이리저리 살피다가 나를 봤다.

뭐지? 안 먹나?

"그대, 꼭 우리 아이들 같구나."

"예? 그게 무슨."

뭐지? 살포시 웃으면서 하는 말이라 욕 같진 않은데…… 칭찬인가?

"그런 게 있다. 이건 어찌 먹으면 되느냐."

"아, 스푼으로 이렇게 벌집을 부숴서……."

여왕벌은 바로 먹는 방법을 알려 달라며 말을 돌렸다.

근데 이거 여왕벌 앞에서 벌집을 이렇게 부숴서 먹어도 되나? 반응을 보니 별 상관없는 듯했다.

"이렇게 같이 드시면 됩니다."

"그렇군."

방법을 알려 주자 곧장 스푼을 들어 한입 먹어 본다.

그 모습을 보고 있으니 꼭 광고를 보는 것 같다.

황금색과 검은색이 너무 잘 어울리는 모델이 벌집이 들어간 젤라토를 먹는 광고.

"음."

짧은 탄성과 함께 여왕벌의 입가에 미소가 번졌다.

아주 긍정적인 반응이었다.

한 입이 두 입이 되고.

두 입이 세 입이 됐다.

느린 듯 하지만 빠르게 젤라토가 줄어들었다.

그리고 벌집과 그 아래 뿌려진 로열 젤리도.

그릇 바닥까지 싹싹 긁어먹은 여왕벌은 아쉽다는 듯 스푼을 내려놨다.

"더 드릴까요?"

"……괜찮네. 아이들이 열심히 만든 것이니 더 좋은 곳에 써야지. 잘 먹었네, 아주 맛있었어. 시원하고 달콤해. 아이들이 만든 꿀이 이런 맛이었군."

여왕벌의 칭찬은 뭐랄까, 약간 애환이 묻어나는 묘한 느낌을 줬다.

마치 마지막 만찬을 먹은 뒤 하는 칭찬처럼 말이다.

"또한 그에 어울리는 그대의 솜씨에 놀랐다네."

"그렇습니까?"

"그래서 미안하네만, 부탁 하나 해도 되겠나?"

여왕벌이 조금은 슬픈 미소를 지었다. 그래서 그냥 조용히 들었다.

"내 힘이 다해 버린 탓에 많은 아이를 지켜 내지 못했어. 이제 놓아줘야 할 때가 됐는데 그러지 못한 벌이지…… 그래서 지금이라도 놓아주려고 하네."

말을 하던 여왕벌에게서 황금빛의 아우라가 새어 나왔다.

이대로 가는 걸까? 그때 멧돼지가 그랬던 것처럼?

"그 아이를 잘 부탁하네."

그 아이라면 차기 여왕벌 후보인 꿀벌을 말하는 거였다. 예상했던 거라서 당황스럽진 않았다.

"그거면 되겠습니까?"

"지켜만 봐두면 될 걸세. 똑똑한 아이가 아니던가."

"음."

그렇긴 했다.

말벌 집 위치도 알려 주고 말이지.

물론 꽃에 머리가 끼었을 땐 좀 웃겼지만.

"그리고 보답이라고 하긴 그렇지만 아이들이 만든 이 꿀들을 자네가 가졌으면 좋겠네."

"벌집에 남은 것 말이죠? 그렇게 하겠습니다."

준다는 걸 거절할 필요는 없었다.

자연산 꿀을 귀한 재료이기도 했고.

"……그대는 정말 신기하구나."

내가 너무 쉽게 승낙해서 그런가? 여왕벌이 살포시 웃으며 말했다.

그러더니 갑자기 손을 내게 뻗었다.

콕!

그리고 기다랗게 쭉 뻗은 손가락으로 볼을 찔렀다.

이건 뭐지?

"내 개인적인 선물이네."

이게 무슨 선물이냐고 물으려고 했지만, 아쉽게도 그럴 시간은 없어 보였다. 내게 뻗었던 손가락부터 여왕벌의 몸이 점점 황금빛 아우라로 화했다.

사라라랑~

여태 봤던 그 어떤 아우라보다 화려하고 밝은 빛이 터져 나왔다.

동시에 아까 손가락이 닿은 볼이 살짝 화끈거렸다.

'벌침이라도 놓은 건가?'

그에 조금은 엉뚱한 생각이 들던 찰나!

팟!

여왕벌이 있던 자리를 차지한 황금색 아우라가 소용돌이치며 뭉쳐졌다.

그리고 그대로 작은 구슬이 되어 내게 날아왔다.

볼을 감싸 쥐던 손을 펴서 내미니, 그대로 손바닥 위에 자리를 잡았다.

'이건 내 것이 아니네.'

[여왕의 정수]

텍스트창으로 보이는 심상치 않은 이름부터가 주인은 따로 있었다.
바로 꿀벌.
조심스럽게 꿀벌이 쓰러진 곳 앞에 황금색 구슬을 놓아줬다.
그러자…… 기절한 줄 알았던 꿀벌이 꿈틀거리더니 이내 구슬을 껴안고 쪽쪽 빨아먹기 시작했다.
마치 아이가 젖병을 문 듯한 모습에 흐뭇한 미소가 절로 지어진다.
그렇게 여왕의 정수를 모두 흡수한 꿀벌은 이번엔 기절이 아니라 잠에 빠졌다.

[꿀벌]
*상태
─꿈속 여왕 수업 중.

상태마저 귀엽네.
꿈속에서 여왕벌이 수업해 주는 건가?
자세히는 모르겠지만 어쨌든…….
"이번에도 잘 끝났나?"
특별한 손님이 특별한 휴식을 하고 갔다.
그게 이제 좀 실감이 나는 것 같다.

따끔거리는 볼도 그렇고 말이지.
이번엔 멧돼지보다 더 특이한 손님이었다.
무려 여왕벌이었으니.
그래서 그런가? 얻은 것도 컸다.
일단 아직 나무 사이에 많이 남은 벌꿀 집이 있고.

>여왕벌의 카리스마

 재능도 얻었다.
 여왕이 될 꿀벌도 어떻게 될지 모르겠지만, 당장은 내가 데리고 있을 것 같다.
 그리고 무엇보다…… 정말 신비한 경험을 한 게 제일 컸다. 어디서 이런 경험을 할 수 있을까.
 '말벌 집 처리하다가 참 별일을 겪어 보네.'
 아마도 그 여왕벌은 좀 특별한 거겠지?
 다른 벌집을 구한다고 이런 경험을 할 수 있을 것 같진 않았다.
 그래서 더 특별하게 느껴진다.
 꿈틀! 꿈틀!
 "응?"
 한창 감상에 젖어 있는데 꿈을 꾸던 꿀벌이 꿈틀거렸다.
 왜 이러나 싶었는데 왠지 앞발로 머리를 쓸어내리는 걸 보니…….

'설마 혼난 거야?'
꿈에서 혼난 것 같다.
피식!
특별했던 감상을 순식간에 날려 버리는 모습에 나도 모르게 피식 웃고 말았다.
감상은 그림 이쯤 묻어 두기로 했다.
아까부터 계속 볼이 화끈거리기도 했고.
손에 찬물을 묻혀 식히면서 거울을 보는데…….

〉여왕의 증표
—신비한 힘이 담겨 있다.

선물이라더니.
이건 또 뭐지?

* * *

이게 뭔지는 당장 알 수 없을 것 같았다.
따로 다른 설명은 없었으니까.
재능처럼 발현을 떠올려 봐도 별다른 일이 일어나지 않았다.
'좋은 거 줬겠지.'
어쨌든 호랑이 쉼터에서의 짧은 휴식에 힐링하고 갔으니.

이것 말고도 하나 더 좋은 게 있었는데 바로.

>매력(2)

여왕의 카리스마 재능을 얻으면서 이것도 같이 성장하게 된 것이다.
매력은 여기저기 같이 쓰기 좋은, 활용도 높은 재능이었다.
그러니 성장은 반길 만한 상황이기도 했다.
뭐, 다른 재능도 다 그랬지만.
"얻은 게 많네."
이렇게 직접적으로 받은 것 말고도 있었다.
특별한 경험도 그렇고, 만생공을 제대로 쓰는 방법이 그랬다.
재능을 연계해서 쓴 적은 있지만 이렇게 하나도 뭉친 듯 쓴 적은 없었는데…….
'그게 되는 거란 말이지.'
효과는 당연하게도 좋았다.
다른 음료나 메뉴를 만들 때도 유용할 것 같다.
심지어 꼭 그런 곳이 아니더라도 더 활용도가 넓어진 느낌이다.
매력과 함께 섞인 재능들로 만들어진 말벌 유인액으로 순식간에 말벌 집 처리도 했으니.
아낌없이 주고 간 셈이다.

"그럼……."
마저 하나 더 챙기러 가기로 했다.
벌꿀 집.
여왕벌이 말했다.
세력이 약해져서 이제는 그 정도 규모의 벌꿀 집은 유지할 수 없을 거라고. 그러니 잘 써 달라고.
대신 나중에 여왕이 될 꿀벌에게 줄 것만 조금 남겨 달라고 했다.
여왕으로서 세력을 끌어모으기 위한 밑천이라나?
그건 나한테도 좋은 일이었다. 꿀벌이 근처에 또 자리를 잡아서 꿀을 모으면 나중에 또 채집할 기회가 있을 테니까.
"와…… 아까 보긴 했지만 진짜 규모가 장난이 아니었네."
다시 벌꿀 집이 있는 곳으로 돌아왔다.
양손에는 그걸 담을 통을 잔뜩 들고서.
근데 꿀이 가득 든 벌집이 나무 속을 가득 채우고 있어서, 이걸로 될지는 모르겠다.
아까 보고 간 건 그야말로 빙산의 일각이었던 거다.
위쪽에서 뚝뚝 진한 벌꿀이 떨어졌다.
"심지어 묵힌 꿀이네."
일명 자연 숙성 꿀이라고 해서, 저장이 된 꿀을 말했다.
그것만으로도 완전식품인 꿀이지만 숙성이 되지 않는

건 또 아니었으니.

최초로 벌이 꿀을 저장할 땐 수분이 다소 많이 함유되어 있었다.

그 상태로 보관하면 아무래도 상할 수 있으니 이걸 날갯짓으로 수분을 날려 버리는 과정을 가진다.

그리고 그렇게 수분을 날린 뒤에는 밀봉을 시켜 두는데, 안에 저장된 꿀들이 바로 그런 것들이었다.

그래서 그런지, 색도 진하고 향도 진했다.

'나무 향도 나고 꽃 향도 나고.'

여러 가지 향이 뒤섞여서 나무 안에 있으면 단내와 향기로 취할 것만 같았다.

괜히 그 여왕벌이 특별한 손님으로 온 게 아닌 모양이다.

"말벌만 아니었어도 더 계속 여기에 있었을 텐데."

아쉽네.

아, 근데 여왕벌이 있었으면 어차피 저 꿀을 얻기 좀 그랬으려나?

그건 또 그것 나름의 문제가 있긴 하네.

이미 다 지나간 일이라 그런 가정은 어차피 할 필요 없지만.

아무튼 꿀이나 캐기로 했다.

남은 꿀벌들이 주변에 응응 날아다녔지만, 여왕이 없어서 그런지 힘은 없었다.

덕분에 작업은 수월했다.

조심스럽게 밑에서부터 벌집을 채취했다.
한 덩어리, 한 덩어리가 다 커서 예상대로 통이 금방 찼다.
"음."
숙성된 꿀은 아무래도 오늘 바로 다 채취하긴 어려울 것 같다.
다행히 위에 벌집은 밀봉이 되어 있으니, 나무 틈을 잘 닫아 두면 상하진 않을 듯했다.
그래도 한 덩어리 맛은 보기 위해서 잘라 냈다.
가지고 온 칼로 슥슥. 작게 조각을 내니 그 사이로 꿀이 정말 줄줄 흘렀다.
이렇게 많이 꽉꽉 채워 두다니…….
아깝게 더 흐르기 전에 벌집 채로 입에 넣었다.
'……!'
꿀은 그대로 사르르 녹아 버렸다.
그리고 입안을 가득 채웠다.
'와, 이게 그래서…….'
이렇게 먹으니 알겠다.
왜 맛있는 걸 먹으면 꿀맛이라고 하는지.
둘이 먹다 하나 죽어도 모를 꿀맛.
맛을 보니 생각 같아선 다 채취하고 싶었지만, 아쉬움을 뒤로하고 나무 틈을 밀봉시켰다.
"감쪽같나?"
내가 봐도 모를 정도로 티 안 나게 잘 막은 것 같다.

까먹지 않게 위치를 표시해 두고…….
마지막으로 이제 주변에 죽은 벌들을 모았다.
이대로 두면 시간에 따라 사라질 터.
그래도 여왕벌에게 선물은 많이 받았으니 마무리까지는 해 줄 생각이다.
근처에 작은 구덩이를 파서 조심스럽게 묻어 줬다.
그리고 그 위에 돌을 쌓아 올렸다.
잠깐 앞에서 묵념하고 돌아섰다.
가지고 갈 짐이 많았다. 올 때와 달리 무게도 무겁고.
"잘 쓰겠습니다."
혹시나 흘릴까 조심히 내려갔다.

　　　　　　＊　＊　＊

그렇게 카페로 돌아와서 의외의 사실을 접했다.
'갔다고?'
꾸르~
'음. 다시 온대?'
꾸꾸르~
'그건 다행이네.'
꿈속에서 여왕벌 수업을 받는 걸로 추정되던 꿀벌이 사라진 것이다.
카페를 지키고 있던 브라우니가 그 사실을 알려 줬다.
그리고 꿀벌이 남긴 메시지도 함께 말해 줬다.

완전히 떠나는 건 아니라고 한다.
여왕벌 수업을 위해서 잠시 떠나는 것뿐.
곧 돌아와서 새로운 왕국을 지을 거니까 걱정 말라고 한다.
'조금 걱정이긴 한데.'
꽃에 머리가 끼여서 엉덩이를 씰룩거리던 모습이 눈앞에 아직도 어른거렸다.
뭐, 여왕벌이 수업을 잘 시켜 줬겠지.
무사히 돌아오기만 바라기로 했다. 그것밖에 할 수 있는 게 없기도 했으니.
그리고 의외의 사실은 이것뿐만이 아니었다. 채집한 꿀을 정리할 겸 주방에서 브라우니와 얘기를 끝내고 홀 쪽을 봤다.
분명 나는 초대한 적이 없는데 카페에 사람이 잔뜩 있었다.
수아, 한송이, 이선아, 여기에 이장님까지.
"와! 엄청 크다요!"
"말벌 집을 이렇게 보는 건 처음이네요. 꿀벌 집이랑은 다르네요? 꼭 나무껍질로 만들어진 것처럼."
"……"
말벌 집을 담은 통을 보며 감탄하는 수아와 한송이, 그리고 말없이 그걸 찍고만 있는 이선아.
이장님은…….
"어어. 그래. 한두 통 정도 있으면 될 것 같네. 값이야

부르는 사람 마음이지 이 사람아. 내가 잘 말해 봄세."

말벌 집을 살피며 누군가와 열심히 통화 중이었다.

대화 내용으로 보아 협상을 하는 것 같은데…….

아마도 말벌 집의 처리에 대해 얘기하는 것 같았다.

어차피 내가 말벌 집을 쓸 일은 없으니 이장님에게 맡기는 게 좋을 듯했다.

"다들 구경하셨어요?"

"아저씨!"

벌집은 정리를 다 했으니 카운터로 나왔다. 그러자 수아가 먼저 쪼르르 달려와서 앞에 앉았다.

"저거 진짜 아저씨가 했어요?"

"그럼 내가 하지 누가 해?"

"오오…….'

"그러는 넌 학교는 마치고 온 거야?"

"당연하죠. 저를 뭐로 보고."

수아가 당당하게 어깨를 펴며 말했다. 하긴, 이거 때문에 땡땡이야 쳤으려고.

근데 당당할 것까지도 없는 것도 아닌가?

아무튼 수아는 그냥 학교를 마친 김에 바로 왔나 보다.

"이거 올려 돼?"

"응? 영상으로?"

"응."

이선아의 말에 잠깐 고민하다가 이내 고개를 끄덕였다.

"뭐, 상관은 없는데. 근데 너 게임 방송하는 거 아니었어? 이런 걸 컨텐츠로 올려도 돼?"
"지금은 일상 채널 키우는 중이라서 괜찮아."
이선아는 컨텐츠를 위해서 온 게 확실했다. 그래서 호랑이 쉼터라는 것만 영상에 나가지 않으면 된다고 했다.
그리고 한송이 씨는…… 모르겠네.
저 사람은 그냥 즉흥적인 사람이라. 그냥 궁금해서 왔을지도.
"아저씨! 벌꿀 집! 벌꿀 집도 있어요?"
"있지."
"오오! 저 한 번만 보여 주면 안 돼요?"
"기다려 봐. 한 판 가져올 테니까."
안 그래도 벌꿀은 나눠 먹고 싶었다. 이게 맛도 맛인데 효과도 좋았으니까.

[자연산 벌꿀]
*효과
―면역력 강화
―활력 회복
―스트레스 완화

현대인에게는 이것만 한 게 없었다. 그리고…… 미끼로 또 이런 게 없지.
하나, 둘, 셋, 넷.

노동력이 넷이란 말이지?

게다가 그중 하나는 베테랑에 신체 스펙까지 나머지 셋의 부족함을 메우고도 남을 정도.

입가에 미소를 띠며 친절하게 사람들을 불렀다.

"자. 다들 와서 이거 한 입씩 드셔보세요."

"엥? 근데 아저씨 방금 이상한 표정 같았는데."

"이상하긴. 이거 안 먹을 거야?"

"앗! 아니네요!"

예리한 녀석.

뭔가 불길함을 눈치 챈 듯한 수아였다. 하지만 황금빛 꿀이 흐르는 벌집을 보여 주니 금방 거기에 한 눈이 팔렸다.

나머지는 뭐, 어차피 눈치도 못 챈 것 같으니.

"오? 세력이 제법 큰 벌집이었나 보군?"

말벌 집에만 관심을 가지던 이장님도 벌집을 보며 세력을 가늠하고 관심을 보였다. 그리고 내가 건넨 벌집 조각을 별다른 의심 없이 먹었다.

나머지도 마찬가지.

다들 일단 한 입씩 먹고 봤다.

"우아아!!"

"진짜 맛있어요!"

"오!"

그리고 다들 격한 반응을 보였다.

예상한 반응이라 그저 가볍게 미소만 짓고 남은 벌집은

뚜껑을 덮었다.

그럼 이제…… 이 비싼 걸 그냥 줄 수야 없지.

"더 주면 안 돼요?"

"큼큼."

수아가 카운터 테이블에 양손을 괴고 불쌍한 척 바라보며 말했다.

그리고 수아의 말에 다들 말은 안 했지만 내심 원하는 듯한 눈빛을 보냈다.

음, 이장님도 슬쩍 거기에 꼈다.

저런 이미지 아니셨는데.

"더 맛있게 먹고 싶지 않아요?"

슬쩍 카리스마와 매력(2)이 섞인 금생의 기운을 담아 말했다. 그러자 역시나 수아부터 반응을 보였다.

"앗! 더 맛있게요?"

"그래. 이대로도 맛있긴 한데, 그래도 이왕이면 더 맛있게 먹어야지."

"좋아요!"

금생의 효과에 통한 걸까? 수아의 말에 다들 동의하듯 고개를 끄덕였다.

소통도 섞여서 그런지 어째 다들 마음이 잘 통했다. 이러면 더 쉽게 풀리겠어.

"자자. 그럼…… 다들 공터로 나가볼까요?"

갑자기 나가자고 하니 다들 의아한 표정이었다.

그래도 순순히 따라 나왔다.

왜앵?

갑작스런 인원 이동에 공터에서 햇살 받으며 뒹굴던 랑이가 의아한 듯 고개를 갸우뚱했다.

어째 표정이 사람들 하고 같네.

"여기서 뭐 해요?"

"뭐 하긴. 여름맞이 청소 겸 잡초 뽑기지."

"……자, 잡초라니."

시골살이, 혹은 주택 살이를 로망이라 하는 사람들은 모른다. 그들이 원하는 작은 마당의 흉악함을.

정말 잠깐만 자리를 비워도 마당은 푸른 괴물들로 가득 찬다. 뜯어도 뜯어도 말이다.

그런데 호랑이 쉼터의 공터는 넓다. 일반 주택과는 비교할 수 없는 정도로.

텃밭이야 요즘 토리가 관리해 줘서 그런 건지 몰라도 괜찮은데…….

공터는 매일 아침 올라오면서 잡초를 뽑아도 집에 갈 때면 또 올라와 있었다.

'마침 마감 시간도 다가오고 말이지.'

그러니까 마침 지금이 딱 그 타이밍인 거다. 내려가기 전에 또 잡초를 뽑는 시간.

평소라면 혼자 했을 일이지만 오늘은 이렇게 손님이 많으니 얼마나 좋은 기회인가?

게다가 오늘은 산을 몇 번이나 타서 잡초 뽑을 힘도 없었다.

보통 영업시간에도 종종 나가서 정리하는데 오늘은 말벌 소동에, 여왕벌 손님까지. 그럴 시간도 없었다.
 이대로 그냥 마감하고 퇴근한 뒤 내일 출근하면 또 지옥이 펼쳐지는 건 불 보듯 뻔했다.
 그러니, 사람 많을 때 하자.
 대신 맛있는 걸 먹여 주면 되지 않을까, 라는 작전이었다.
 "허허. 이거, 맛을 안 봤으면 그냥 가겠는데 그럴 수도 없고."
 이장님의 항복 선언과 함께 잡초 뽑기가 시작됐다. 투덜거리긴 했지만 다들 같은 생각인 모양.
 왜앵?
 랑이가 그 모습이 이상한지 내 옆에 앉아서 구경했다.
 "랑이가 여기서 잘 감시하고 있어?"
 왜앵~
 랑이를 두고 나는 그럼 잔뜩 성날 민심을 가라앉히기 위한 벌집 메뉴를 만들기 위해 안으로 들어왔다.
 그리고 주방으로 향하려다가 문득 뒤돌아서 공터를 봤다.
 그곳에는 열심히 잡초를 뽑고 있는 사람들이 보였다.
 그걸 보고 있으니 묘한 느낌이었다. 언제 이곳에서 이런 인연들이 쌓인 건지.
 여왕벌 손님이 오는 특별한 날도, 여느 때와 다를 바 없는 평범한 날도. 그렇게 차곡차곡 쌓이고 있었다.

그리고 또 물 흐르듯 지나갔다.

그게 참 신기했다.

여운은 남되 새로운 일이 또 찾아오는 곳의 주인이 나라니. 새삼스레 저 모습을 보니 이런저런 생각들이 들었다.

물론 이장님까지 저기서 일을 시킨 건 좀 죄송하긴 한데…….

'음?'

하지만 이런 감상도 오래가지 않았다. 그건 바로 오솔길로 올라오는 백수호의 아우라 때문이었다.

다행히 가까이서 본 수호의 아우라 상태는 아주 심각한 건 아니었다.

가벼운 스트레스 정도.

'깜짝 놀랐네.'

오늘 경기가 있었다는데 그것 때문인 듯했다. 하지만 수아와 함께 늘 밝은 아우라를 가졌던 녀석이라 깜짝 놀라긴 했다.

평생 그늘이 지지 않을 것 같은 아이들이라고 생각했는데. 꼭 그렇지만도 않다는 걸 깨달았으니까.

고로, 수호까지 잡초 뽑기에 합류했다.

스트레스 풀기에는 아무 생각 없이 잡초 뽑는 것만 한 게 없다.

생각이 많은 건지, 혹은 경기가 잘 안 풀린 건지 모르겠지만, 저 정도 가벼운 스트레스는 이렇게도 풀 수 있었다.

그리고 보니…….

'어쩌다 보니 오늘 마을에서 친하게 지내는 사람들이 다 모였네.'

가정의 달 행사 때 모였던 그 멤버였다.

그렇게 생각하니 묘하다. 가정의 달에 모인 사람들이라니…… 가족도 아니고.

아무튼 수호까지 합세해서 잡초 뽑기는 금방 끝났다.

"다했어요!"

"고생했어."

수아가 제일 먼저 안으로 들어와서 자리에 철퍼덕 앉았다.

그 뒤를 따라 한 명씩 들어왔다.

오래 한 것 같지만 그래도 내가 계속 관리를 해 둔 터라 금방이었다.

그런데 마지막으로 들어온 이장님이 시간을 확인하더니 깜짝 놀란 목소리로 말했다.

"어이쿠. 이거 나는 가 봐야겠구먼."

"예? 바로요?"

"약속이 있었어. 깜빡했구먼

이런.

그런 줄 알았으면 이장님은 그냥 맛있는 걸 먼저 만들어드리는 건데. 죄송한 마음이 들기도 잠시.

그때.

"나는 대신 저거 가져가도 되겠나?"

2장 〈105〉

"……말벌 집이요? 그러셔도 상관은 없는데."
"허허! 그럼 됐네. 나는 먹은 셈 치지."
말벌 집을 가져가겠다는 이장님의 얼굴에 함박웃음 꽃이 폈다.
그게 그렇게 좋은 건가?
아무튼 모로 가도 서울만 가도 된다고 어쨌든 만족하시니 다행이긴 한데…….
게다가 어차피 드리려고 했었다. 아까 전화하는 걸 들었으니까.
그동안 도움도 많이 받았는데 저거 좀 드리는 것 정도야.
대가를 받는 것도 그래서 굳이 이장님까지 잡초 좀 뽑아 달라고 한 것도 있는데…….
"허허! 그럼 젊은이들끼리 놀다가 오게나. 아, 이선아 넌 내일 아침 운동해야 되니까 일찍 오고."
"윽!"
이장님은 말벌 집이 든 통을 들고 이선아에게 말했다. 그리고 홀연히 사라지셨다.
토닥토닥!
좌절하는 이선아를 한송이와 수아가 양옆에서 달래 줬다.
물론 저 둘에게 이선아와 함께 운동하는 동료애까진 없었다.
"아저씨! 얼른요!"

"뭘 준비하셨어요?"

짧은 달램 이후, 곧 메뉴를 물었다.

이선아도 일단 먹고 보자는 듯 나를 봤다. 아직 영문을 모르는 수호만 어리둥절한 표정으로 쳐다볼 뿐이었다.

"메뉴는, 벌집을 얹은 과일 요거트와 허니 버터 팬케이크입니다."

"와!"

아무래도 육체노동을 좀 했으니 간식으로 먹을 게 좋을 듯해서 골랐다.

어차피 다들 집에 가서 밥은 먹을 테니 가볍게.

"이건 제가 살게요. 수아 공연에 다들 와 주셨는데 이거라도……."

그러자 메뉴를 들은 수호가 나섰다.

저 녀석은 아직 아우라가 완전히 회복된 상태도 아닌데 참…….

바른 녀석이 아닐 수 없었다.

하지만 수호의 골든벨은 울릴 수 없었다. 수아는 물론, 한송이와 이선아까지 반대했으니까.

그도 그럴 것이 잡초까지 뽑은 그들이지 않은가?

수호야 뒤늦게 와서 금방 끝났지만, 그들은 아니었다.

"안 돼! 이건 아저씨가 쏘는 거죠?"

"그래. 편하게 먹어."

수아의 말에 피식 웃으며 답했다.

그리고 곧 메뉴를 준비했다.

2장 〈107〉

요거트야 이미 있는 거였다. 그리고 그 위에 올라가는 과일도 이미 몇 번 해 본 것들이었다.

복숭아 조림, 샤인머스캣, 사과 민트 청.

다른 건 벌집을 조각내어 그대로 꽂은 것뿐.

물론 그게 엄청난 차이를 주지만 말이다.

'설탕으로 내는 단맛하고는 또 다르지.'

아이스크림도 좋지만 요거트와 꿀의 조합도 상당히 좋았다.

새콤한 요거트에 달달한 꿀이니까 안 좋을 수가 없었다.

새콤달콤 그 자체가 아닌가.

거기에 텃밭 표 과일과 수제 과일 조림, 청까지 들어가면 말 그대로 끝이지.

'음료는 됐고.'

팬케이크도 처음 해 보지만 어렵지 않았다.

레시피가 간단하기도 하지만 무엇보다 목생의 재능을 쓰니까. 그래도 그냥 구우면 왠지 심심할 것 같으니…….

'전에 신기한 영상을 봤는데 그걸 해 봐야겠어.'

팬케이크 아트였나?

팬케이크 반죽으로 그림을 그리는 거였다.

일단 버터를 팬에 녹이고 그 위에 반죽을 부어서 마치 물감처럼 그림을 그렸다.

사라랑~

아우라가 깃든 손이 목생의 재능들을 발현했다. 그러자

반죽이 춤을 추는 듯했다.

"우아! 그거 뭐예요?"

"팬케이크 아트."

수아의 말에 답해 주는 여유까지 부렸다.

"이것도 해도 돼?"

"……그래. 해."

이장님 말에서 언제 빠져나왔는지 이선아가 물었다.

당연히 컨텐츠로 써도 되냐는 말이었고, 괜찮다고 했다.

뭐 특별히 뭐가 특정되는 것도 아니고, 적당히 촬영하는 것이 뭐가 문제일까?

다만, 개인적으로는 이런저런 데에 알렸다간 이런 힐링과 휴식이 엉망이 되지 않을까 하는 생각이 있어서 그것만 주의하면 좋을 거 같았다.

내가 당장 돈이 필요해서 장사가 번창해야 하는 것도 아니고 말이다.

그리고 그런 내 생각은.

"당연하지."

다행히 이선아도 잘 아는 눈치였다.

아, 그러고 보니 이선아는 원래 도시에 있을 때도 특정 장소나 본인과 특정되는 걸 알리지 않는 신비주의였다던가?

그냥 방구석 폐인이었지만 어쩌다 보니 컨셉까지 그렇게 잡혀 버렸다는 거 같지만.

아무튼 그러니 그런 건 걱정하지 않아도 될 듯했다.
"음."
그사이 그림을 그린 반죽이 살짝 익었다.
이제 반죽으로 그림 전체를 뒤덮고 그대로 뒤집으면!
착!
"우아아!! 벌. 벌 맞죠?"
그려진 것은 진한 갈색과 적당히 노릇노릇해진 표면으로 음양을 나눠 표현한 벌이었다.
그렇게 꿀벌 그림이 들어간 팬케이크도 완성.
아직 뜨거울 때 그릇에 옮기고 버터 한 조각도 올렸다.
그리고 꿀이 흐르는 벌집까지 올리면 이걸로…….
"허니 버터 팬케이크와 벌집 과일 요거트 나왔습니다."
기다리다가 목이 빠져나올 것 같은 사람들 앞에 메뉴를 내려 줬다.
이 정도 인원은 또 처음인데 이것도 나쁘지 않았다. 오히려 카페에 손님들이 더 있어도 괜찮을 것 같기도 했다.
색다른 느낌도 날 것 같고.
뭐, 그거야 이렇게 계속 카페를 운영하다 보면 이번처럼 자연스럽게 될 것 같으니 억지로 하려고 할 필요는 없지만.
"어떻게 이렇게 하는 거예요? 진짜 신기하다. 사장님. 혹시 시간 있으시면 제 어시 좀 봐주시면 안 돼요? 이 정도 재능이면 진짜 모셔가고 싶은데."
한송이가 팬케이크에 그려진 그림을 보며 제안을 했

다. 물론 그건 당연히 거절이었다.

나는 이런 카페의 사장이면 충분했으니.

"얼른 드세요. 수아 너도…… 음 이미 먹고 있구나."

"네!"

수아는 먼저 요거트부터 먹었다.

새콤한 듯 시큼한 듯, 그 어디 사이의 요거트가 벌집 꿀을 만나서 포텐을 터트린 듯.

수아의 커진 눈은 작아질 줄을 몰랐다.

저렇게 수아가 먹는 모습을 보는 게 제일 뿌듯할지도.

다른 이들도 수아를 보고 먹기 시작했다.

"형님은 안 드세요?"

"나도 먹을 거야. 너도 얼른 먹어."

마지막으로 수호까지 챙기며 나도 내 몫을 가져왔다.

수아와 한송이, 이선아는 서로 요거트도 공유하면서 먹었다.

"이거 맛있다~"

"나도 언니 거!"

"그래그래. 자."

"푸히히! 아! 언니 나 언니가 그린 웹툰 봤어요!"

"정말? 어땠어?"

"완전 재밌어요! 신작 언제 나와요?"

"음~ 지금 구상 중인데 곧?"

"진짜요?!"

단톡방에서만 사이가 좋은 게 아니라 진짜 많이 친해졌

나 보다.

특히 한송이와는 나이 차 나는 자매가 따로 없었다.

"아, 누군가 했는데. 백호 고등학교 야구부. 맞지?"

"예? 아, 예."

반면 수호랑은 아직 어색했는데 이선아가 먼저 관심을 보였다.

근데 수호 녀석…….

'뭐야 저 녀석?'

어째 나한테 싹싹하게 구는 것과 반대로 아주 단 답에 어색한 표정만 짓는다.

설마 저 녀석?

"오늘 졌지?"

"어, 어떻게?"

"야구 좋아해서."

"저, 정말요?"

말은 왜 저렇게 더듬어?

아무래도 맞는 것 같다. 잘생겨서 여자들한테 인기도 많은 녀석이라 몰랐는데…….

'숙맥이었구나. 하긴 나이가 아직 18살이니.'

조금만 더 있으면 경기 져서 우울하고 스트레스받아서 아우라가 그랬던 걸 이선아 덕분에 들었다.

근데 수호 녀석, 이제 아우라가 칙칙한 게 아니라 살짝 분홍빛에 물들겠다, 아주.

고등학생에게 이선아는 참 예쁜 누나이긴 할 테니 그럴

수 있지.

아무튼 오히려 다행이다. 아우라가 더 칙칙해지지 않아서.

그건 그렇고…… 근데 왜 묘하게 나만 혼자인 것 같지?

왜앵~?

아, 너도 있었지.

"아참. 너도 먹어 볼래?"

마찬가지로 다들 자기한테 관심을 안 주자 랑이가 테이블 위로 올라왔다. 벌꿀을 살짝 떼어 주니 혀로 살살 먹었다.

그래, 너라도 있으니 다행이구나.

피식 웃으며 나도 팬케이크에 버터와 꿀을 찍어 먹어봤다.

'허니 버터는 뭐, 말할 필요도 없네.'

기분이 좋아졌다. 그리고 이 분위기도 마음에 들었다.

특별했던 오늘 하루 또한 일상적으로 만들어 주는 그런 분위기였으니까…….

"아저씨!"

"왜?"

"하나 더요!"

"……그래. 많이 먹어."

잘 먹으면 좋지.

음, 그래. 근데 좀 많이 먹네.

수아한테는 다음부터 잡초 뽑는 건 안 시켜야겠다.

'잘못하다간 카페 기둥 뽑히겠네.'

　　　　　＊　＊　＊

　무언가에 푹 빠져 있다 보면 시간은 빠르게 흘렀다.
아차 하는 순간에 계절이 바뀔 정도.
"진짜 확 더워졌네."
오월 중순에서 말로 넘어가는 때.
카페에 내리쬐는 햇볕이 심상치가 않았다.
　주변을 둘러싼 나무들이 그늘이 되어 주고, 산에서 바람이 불어오지만, 점심쯤부터 오후까지는 밖에 있는 게 쉽지 않았다.
　'조만간 에어컨을 켜야 될지도.'
　지금은 창문을 열어 놓으면 햇빛이 들지 않는 카페 안까진 시원했다.
　곧 장마라고 하니 그 전후로 진짜 여름맞이 준비를 해야 될 것 같다.
　지나간 봄이 아쉽지만 오는 여름이 기대되니 아쉬움이 오래가진 않았다. 무엇보다 에어컨 청소도 하고 여름 음료도 더 준비해야 했다.
　'할 일이 많네.'
시골에서 계절이 변하면 준비할 것들이 많았다.
물론 회사 다닐 때도 계절이 변하면 일이 많긴 했다.
하지만 그냥 계절이 변하는구나, 변하는 계절에 따른

계획이나 프로젝트는 차질이 없나 생각하는 정도였다.
 매일 같은 일이 반복되는 건 같았다. 그러니 이런 감상은 여기 와서야 느끼는 거였다.
 근데.
"아우라까지 영향을 받는구나."
 아우라들이 계절에 영향을 받는 모습이 참 신기했다.
 계속 보고 싶을 정도로.
 절대 일을 하기 싫어서가 아니라…… 음, 그래. 솔직히 날씨 탓인지 움직이기가 쉽지 않아서가 맞다.
 '차라리 손님이라도 왔으면.'
 카페 안에서 나가는 건 더욱.
 이럴 땐 손님이 오면 좋은데.
 딸랑~ 딸랑~
 문을 열어 둬서 바람에 종소리가 울렸다.
 그런데 공교롭게도 오솔길 쪽에서 누군가 올라왔다. 그것도 한 명이 아닌 여럿이!
 '응? 저 사람은.'
 그중에서 한 명은 얼굴을 아는 사람이었다.
"안녕하세요! 사장님! 저 또 왔어요!!"
 저 멀리서부터 발견하고 발랄하게 인사하는 사람은 다름 아닌 고나은이었다.
 그리고 옆에 있는 다른 사람들은 왠지 또래인 걸로 보아…….
 '……그냥 얌전히 에어컨 청소나 할 걸, 괜히 그런 생각

을 해 가지고.'
 어쩐지 쉽지 않을 듯한 손님들이 온 것 같은 느낌이 들었다.

* * *

 고나은이 속한 걸그룹, 블루 카멜리아는 이번 봄 활동을 성공적으로 마무리했다.
 고나은의 하드 캐리가 그 성공의 시작이었다.
 원래도 인지도가 높은 고나은은 혼자 방송에 나가든 여럿이 나가든, 그룹을 홍보했다.
 그걸 멤버들 중에 모르는 이는 없었다.
 하지만 혼자서 고군분투하는 것도 한계가 있었다.
 어느 순간부터 고나은의 상황이 확 안 좋아졌다. 몹시 지친 얼굴을 하고 다녔던지라 모두 걱정할 수밖에 없었다.
 심지어 중요한 무대를 앞두고 사라지기까지 했었다. 초조할 수밖에 없는 상황.
 '언니는 올 거야.'
 '우리가, 우리도 이렇게 있어서는 안 돼.'
 '그래. 마냥 언니한테 다 맡겨 둘 순 없어. 지금부터 더 정신 차려야 해.'
 그래도 그들은 고나은을 믿었다.
 그리고 그녀가 돌아왔을 때 따뜻하게 맞이해 주었다.

어째서인지 고나은은 더 밝아져 있었고, 빛이 나고 있었다.

무대도 크게 성공하여 그녀들이 재기하는 계기가 됐을 정도.

모든 것이 잘 풀렸다.

하지만 그래도 그녀는 그날의 일 만큼은 잊지 않았다.

언니가 이렇게까지 몰렸구나, 고나은이 짊어진 짐을 우리도 나눠서 지자, 그 다짐만은 잊지 않은 것이다.

최소한 저 밝은 모습에 그늘이 되지 말자고.

그 뒤, 고나은만 방송이 있는 날도 그냥 연습실에서 연습만 하지 않았다.

팬들과 소통, 다른 아이돌과 가수 챌린지 등등. 할 수 있는 걸 찾아서 했다. 물론, 아직까지 뚜렷한 성과는 없었지만.

그러던 와중······.

"1등은 블루 카멜리아의 플라워 붐!"

음악 방송 1위를 찍었다.

어떻게 된 건지 원래도 좋았던 무대에서의 매력과 끼가 카메라 너머로도 발산되며 누군가 찍어서 올린 무대 영상 하나가 빵 터진 것이다.

그걸로 노래 홍보와 함께 그룹까지 완전 상승세를 탔다.

계속해서 운이 좋은 일들이 몰려들어 왔다. 일이 이렇게도 잘 풀리나 싶을 정도.

"우리 멤버들 모두 너무 고맙고, 잘 따라와 줘서 너무 너무 사랑하고, 저뿐만 아니라 우리 멤버 모두 고생했는데 그게 이런 선물로 와 줘서 여러분 모두 모두 감사드립니다! 앞으로도 더 열심히 하겠습니다!"

고나은의 짧은 소감에 멤버들 모두 눈물을 터트렸다.

평소 그녀들이 듣던 멸칭 중 하나가 고나은과 밋밋한 멤버로 구성된 그룹이었다.

하지만 이젠 그렇지 않았다.

노래면 노래, 춤이면 춤, 각각의 장점이 부각되면서 캐릭터가 더 잘 살아난 것이다.

각자의 노력이 결국 장점들을 개화시킨 것.

노력이 꼭 성공을 보장하는 것은 아니지만, 이번만큼은 성공으로 이끌었다.

이제는 고나은의 블루 카멜리아가 아니라 진짜 블루 카멜리아가 된 것.

그리고 그렇게 화려하고 만개한 봄을 보낸 그들에게 또다시 중요한 시점이 찾아왔다.

"다음 앨범, 머쉬루비 선배님이 같이하자는데 어때?"

"……!?"

"지, 진짜요!?!"

"대박! 완전 좋죠!"

자신의 말에 들뜬 멤버들의 모습에 초를 칠 생각은 없었지만, 매니저는 할 말을 해야 했다.

"근데 너희도 알다시피 요즘 머쉬루비 선배님 상황이

막 좋진 않아. 그때 봤지?"
"아."
 분명 머쉬루비는 천재 프로듀서이자 작곡가로 평 받는 사람이었다. 하지만 최근엔 조금 그 명성에 금이 가고 있었다.
 슬럼프로 휴식기가 길어졌던 거다.
 곡은 안 나오고, 상태는 안 좋아지고…….
 소속사에선 작업실의 망령, 혹은 병든 뱀파이어 취급을 받는 중이었다.
"물론 같은 소속사 선배가 같이 작업해 보자고 한 거니까 거절하기 쉽지 않긴 해. 그래도 우리 지금 상승세니까 대표님한테 잘 얘기하면……."
"저는 좋아요. 머쉬루비 선배님이랑 작업해요, 우리."
 매니저는 부정적으로 보고 있는지 거절 쪽으로 의견을 말했다. 하지만 중간에 고나은이 막아섰다.
"나은아. 음…… 왠지 물어봐도 될까?"
 매니저는 그런 고나은을 뭐라 하지 않고 이유를 물었다.
"사실 얼마 전에 머쉬루비 선배님 작업실 근처 지나갈 일이 있었거든요."
"그런데?"
"작업실에서 울리는 소리를 들었는데…… 그게 진짜 좋았어요. 듣자마자 우리 거다 싶을 정도로."
"음."

조금 마음이 기운다.

하지만 이걸로 결정하기엔 너무나 주관적인 평가였기에 매니저는 턱을 긁으며 고민했다.

그때.

"전 언니 의견에 찬성."

"저도."

"나도요!"

다른 멤버까지 합세하였다. 그 모습에 매니저는 결국 고개를 끄덕였다.

"좋아, 너희들 생각이 그러면, 한번 진행해 보자."

안 그래도 그녀도 들은 게 없진 않았다. 최근 경영팀의 지인 말로는 머쉬루비의 표정이 한결 밝아졌다는 이야기가 있었으니까.

히스테리도 줄었고, 그리고 전에 비해서 이런저런 열정적으로 요청하는 모습이 있었다고 한다.

물론 당시엔 이 바닥 소문은 믿기 쉽지 않기에 넘겼었는데…….

"아참! 근데 우리 잠깐 쉬는 거죠?"

"어, 그렇지? 활동도 좋긴 하지만 쉴 수 있을 때 쉬어야 하니까. 어차피 또 작업 들어가면 그땐 못 쉬니까 이참에 좀 집에도 가고 그러자. 응?"

이전, 병적으로 일을 잡아서 하던 고나은이었다. 심지어 지금은 물이 들어왔으니 노를 저어야 하는 상황.

수년간 옆에서 그녀를 봐 온 매니저로서는 다시 고나은

의 워커 홀릭 기질이 발병했나 싶어서 걱정되었다.
 그래서 서둘러 쉬자고 말을 틀었는데…….
 "그래요? 그럼 우리 집에 가기 전에, 카페 가요!"
 "……카페? 갑자기 카페는 또 왜?"
 "다음 앨범을 위해서요."
 그리고 카페 가는 게 왜 다음 앨범을 위해서라는 거지?
 매니저는 물론, 멤버들도 고개를 갸우뚱했지만 고나은만은 활짝 웃을 뿐이었다.

* * *

 고나은이야 이미 알고 있고, 다른 멤버들도 수아 덕분에 얼굴은 알았다.
 '진짜 화면이랑 똑같이 생겼네.'
 조금 신기했다.
 "와~ 여기 되게 신기하다! 나무 그늘 완전 시원하네!"
 "어! 언니가 말한 지붕이 저긴가?"
 "……다쳐. 조심."
 빨간 머리, 노란 머리, 파란 머리 알록달록한 머리를 한 아이돌이 우리 가게의 공터를 돌아다니는 모습이 말이다.
 저게 도대체 무슨 그림이지.
 "아, 갑작스럽게 죄송합니다. 우리 애들이 꼭 오고 싶다고 해서…… 카페에 피해는 주지 않도록 조심하겠습니다."

그때 매니저로 보이는 여자가 다가오더니 정중하게 말하였다.
"아, 예. 뭐 괜찮습니다. 다른 손님들에게 피해만 안 끼치면 되는데 마침 다른 손님이 없으니까요."
확실히 정신이 산만하긴 한데, 또 그러라고 있는 공터기도 해서 괜찮았다.
그나저나.
"또 오셨네요."
"제가 또 온다고 했죠? 이번엔 멤버들도 같이 왔어요. 여기 우리 매니저 언니도 같이."
역시 매니저가 맞구나.
고나은이 옆의 매니저를 소개했다. 과연, 걸그룹의 매니저답게…… 아우라가 무척 칙칙했다.
'잠도 안 자는 건가 이 사람.'

[강소라]
*상태
―과도한 업무량으로 피로 누적.
―한계치 가까이 쌓인 피로에 육체적 능력이 상당히 제한됐으나 강한 정신으로 버티는 중.

저게 악으로 깡으로 사는 사람의 상태인가…… 피로는 이미 쌓일 대로 쌓였는데 그걸 정신으로 버티다니.
이쪽은 일단 무조건 피로 회복에 좋은 메뉴를 추천해야

겠네.
"왜 그러세요? 매니저 언니한테 뭐 보이세요?"
"예?"
"왠지 모르겠는데 사장님은 전에도 그렇고 되게 다 알고 있는 것 같거든요. 그래서요."
매니저를 보고 있으니 고나은이 물었다. 근데 그 질문이 묘하게 날카로웠다.
생각보다 촉이 무척 좋네.
'전에 왔을 때도 그랬었지, 느낌 따라왔더니 여기였다고…….'
어쩌면 진짜 촉이 좋은 사람일 수도? 물론 그렇다고 원하는 답을 줄 순 없지만.
"아뇨. 그냥 다크서클이 좀 진하신 것 같아서."
"아!"
그리고 굳이 텍스트창을 보지 않아도 이 정도는 누구나 알 수 있을 테니까.
고나은은 괜히 매니저 눈치를 보고 매니저는 아무렇지 않게 눈가를 손으로 주물럭거렸다.
"아차차! 언니 여기까지 운전하느라 피곤했지? 좀 쉬자, 쉬려고 왔으니까."
"괜찮아. 그보다, 주문부터 해야 하지 않아?"
"앗! 얘들아! 우리 주문부터 하자!"
여전히 정신이 없구먼.
고나은은 침착한 매니저의 말에 메뉴판을 들고 다른 멤

버들을 불렀다.

그러자 여기저기서 각자 놀던 멤버들이 그녀 앞으로 모이는데…… 한 명이 오지 않았다.

"얘는 어디 갔지?"

"음…… 저기 있는 것 같네요."

두리번거리는 고나은의 모습에 친절하게 천장 쪽을 가리켜 알려 줬다.

랑이 최애 장소인 천장의 유리창에 여기 없는 멤버의 얼굴이 보였다.

'뭐, 저럴 나이의 애들이긴 하니까. 그래도 매니저 빼면 다들 상태는 괜찮네.'

고나은이 다시 찾았을 때 살짝 걱정했는데 우려했던 일은 없었다.

다른 멤버들의 상태도 피로가 조금 쌓였을 뿐, 상대적으로 괜찮아 보였다.

물론 고나은도 마찬가지.

그날 이후로 상태가 나빠지지 않은 모양이다.

'새로운 손님이 오는 것도 좋지만 왔었던 손님들이 괜찮은 모습으로 다시 오는 것도 나름 뿌듯하네.'

이게 단골손님을 향한 자영업자의 마음일까?

"와! 새로운 메뉴도 보이네요?"

"예, 계절이나 그날 괜찮은 재료 따라서 추가한 메뉴가 있을 겁니다."

"앗! 탕후루! 미소야! 너 좋아하는 탕후루다!"

메뉴판을 보던 고나은이 천장을 보며 손짓했다. 근데 그걸로 대화가 되나?

두두두!

음, 되는구나.

천장에 있던 멤버까지 모두 카페 안으로 들어왔다.

멤버는 총 고나은을 포함해 넷이었다. 그리고 완전체인 지금에야 볼 수 있었다.

'······이건.'

바로 재능의 꽃이었다.

그것도 그냥 꽃 한 송이가 아니라······ 꽃밭이었다. 하나하나 있을 땐 못 봤는데 넷이 있으니 만들어진 것이다.

하나가 아닌 여럿에서 이렇게 어울릴 수 있는 건 처음 본다.

그만큼 멤버들끼리의 궁합이 좋아서 그런 건가? 어쨌든 이런 상태면 내가 따로 추천 메뉴를 권할 필요도 없으려나?

그래, 꼭 호랑이 쉼터에 상태가 심각한 사람만 오라는 법은 없으니까.

'음?'

그때, 하나 걸리는 게 보였다.

'아직 꽃봉오리네.'

고나은을 뺀 다른 멤버들의 재능의 꽃이 아직 완전히 피지 않았다는 점이었다.

꽃밭에 묻혀서 안 보였는데 자세히 보니 보였다.

꽃봉오리라…… 지금도 저들이 이룬 꽃밭이 예쁘긴 한데 저게 다 피면 또 어떨지 궁금하긴 했다.

'여왕벌한테 준 로열 젤리가 잠재효과 개방 효과가 있었는데.'

아쉽게도 그건 양이 정말 얼마 없었기에 그때 다 썼다.

어쩔 수 없지, 일단은 이곳 본연의 역할을 다해 보는 수밖에.

그건 바로.

"편하신 자리에서 고르셔도 됩니다."

휴식.

어떻게 저들이 여기에 다 왔는지 모르겠지만 아마 귀한 시간일 터.

연예인, 특히나 아이돌은 짧은 기간 정말 활짝 폈다가 금세 지는 경우가 많아 일이 몰아칠 때 계속 노를 젓는 직업이 아닌가.

고나은이 여기까지 멤버들을 데리고 다신 온 만큼 그것만은 제공해 주는 게 보답이겠지. 그리고 그러다 보면 또 꽃봉오리를 틔울 방법을 찾을지도.

"언니! 우리 저 위에 가자. 진짜 좋더라!"

"지붕 위에? 근데 거기 우리 다섯 다 못 올라가지 않을까?"

지붕에서 내려온 미소라는 멤버는 거기가 마음에 든 모양이다.

"난 저기 창가도 좋아."

"……더워. 그늘."

다른 멤버들도 각각 원하는 위치가 있는 모양.

이럴 땐 누가 정리를 해 줘야 할 텐데…….

"언니는? 언니는 어디 갈 건데?"

막내의 질문에 모두의 시선은 고나은에게 향했다.

이쪽이 정리해 주려나.

"글쎄. 다들 원하는 자리에서 각자 시간은 어때?"

호오, 저런 방법이 있었네.

그래. 굳이 다 같이 있을 필요는 없지.

지금 호랑이 쉼터는 거의 전세 낸 것처럼 자리가 많으니까.

동시에 고나은이 한 사람의 손을 들어 주지 않으니 싸울 일도 없고.

"사장님 그래도 될까요?"

"그럼요. 모두 주문한 이후엔 편하게 원하는 곳에 있으셔도 됩니다."

"그거야 어렵지 않죠! 애들아, 시키고 싶은 거 다 시켜! 언니가 쏜다!"

오…… 오늘 역대급 주문을 받을지도 모르겠다.

"그리고, 사장님. 혹시…… 머쉬루비 선배님도 여기 왔다가 가셨죠?"

"예. 그러고 보니 혹시 전에 여길 알려 주신 건가요?"

"네! 잘했죠?"

"감사합니다."

심지어 추천까지.

이거 최선을 다해 드려야겠는데?

그리고 보니…… 얼마 전에 수아가 블루 카멜리아와 머쉬루비가 신곡을 같이 한다고 말했지?

그렇다면…… 내가 해 줄 수 있는 일이 생긴 것 같다.

* * *

블루 카멜리아는 주문을 마치고 각자 원하는 자리로 향했다.

그리고 매니저는 고나은과 함께 나무 아래 그늘 쉼터에 자리를 잡았다.

저긴 내가 고나은에게 추천을 해 준 자리였다.

'머쉬루비가 작업을 했던 곳이기도 하지.'

분명 그때 저기서 무언가 영감을 얻었다.

그게 곡의 컨셉인지 뭔지는 모르겠지만. 그래서 혹시나 도움이 될지도 몰라서 말해 줬는데 딱 그걸 원한 모양이다.

곧장 자리를 잡은 걸 보면 말이다.

고나은과 매니저에게서 시선을 떼어 다른 멤버들 쪽으로 돌려 봤다.

다들 주문한 뒤 자기가 원하는 자리를 하나씩 차지했다.

그런데.

'각자 자리에 앉으니까 꽃밭이 사라졌네.'
참 묘했다. 같이 있으면 시너지가 나는 사람들이라니.
진짜 이런 사람들이 있구나. 이렇게 보니까 신기했다.
그건 그렇고…… 주문한 메뉴가 많다.
"이렇게 많이 먹는다고?"
거의 음료는 개인당 두 잔에 디저트까지 하나씩은 했다.
그런 와중에 그것보다 더 많이 주문한 사람도 있었다.
그러니까 사람은 다섯인데 주문은 거의 열 사람 양을 받은 셈이다.
그것도 또래보다 더 말라 보이는 사람들이 그런 주문을 했으니…….
어쩌 재능의 꽃밭보다 이게 더 신기한 걸 수도.
'취향도 다 다르네.'
알록달록한 머리 색과 각각의 개성이 어린 얼굴처럼 먹는 취향도 달랐다.
그러니 이럴 때가 아니라 얼른 주방으로 들어왔다. 이런 대량 주문은 호랑이 쉼터에 온 뒤로 처음이라 순서가 중요했다.
그래도 다행인 건 만생공의 성장을 이룬 뒤에 이런 일이 생겼다는 거였다.
더 빨라지고 더 섬세해진 목생의 재능은 무리 없이 많은 주문을 소화해 낼 수 있게 만들어 줬다니까
게다가 이미 다 연습해 본 것들로 주문이 들어왔으니…….

우선 시간이 오래 걸리는 디저트부터 시작했다.

특히나 탕후루 주문이 꽤 많았다.

지붕에 있는 막내와 카페 안에서 카운터에 자리 잡은 빨간 머리 소녀, 그리고 고나은까지 셋이 주문을 했으니까.

과일은 손질 다 해 뒀으니 설탕 시럽만 준비해서 바로 얇고 균일하게 묻혔다. 이제 굳히기 위해서 차게 냉동실에 잠깐 두고 바로 다음으로 넘어갔다.

이번엔 팬케이크다.

반죽이야 어려울 것 없고 위에 올라가는 토핑만 바꾸면 됐다.

생크림, 벌집, 과일.

'이러니까 진짜 도시에 있는 카페 같은 느낌이네.'

바쁘게 손을 움직이는 와중에 든 생각이었다. 그런 생각을 할 정도로 여유가 있었다.

"와~ 사장님 완전 금손이시네요."

카운터에 자리를 잡은 빨간 머리 멤버가 주방을 힐끗 보더니 감탄했다.

사실 아까부터 계속 이쪽을 보면서 기웃거렸다.

다들 각자의 시간을 보내는데 왜 굳이 그러는 건지…… 혹시 카페 일에 관심이 있는 건가.

스윽.

'음…… 이 사람뿐만이 아니구나.'

카운터에 앉은 멤버를 보면서 슬쩍 다른 멤버들의 위치

를 살폈다.
 그러자 나랑 눈이 마주쳤음에도 괜히 아닌 척 딴청을 부린다.
 밖에 있는 고나은과 매니저만 둘이서 진지하게 얘기를 나누고 있고, 나머지는 아무래도 카페 일이 궁금한 모양.
 "제법 태가 나죠?"
 "태가 나는 정도가 아닌데요? 혹시 어디 유학파세요?"
 "아뇨. 그 정도는 아니고, 그냥 전수받았습니다."
 "대박! 어디 유명한 맛집에서요?"
 음, 그냥 레시피북으로 받았는데 뭔가 기대하는 눈빛이다.
 뭐라 할지 고민하던 찰나.
 "언니! 사장님 귀찮게 왜 자꾸 말 걸어. 그리고 언니만 아는 오타쿠 같은 말 쓰지 말라고."
 "아, 이게 무슨 오타쿠야. 흔한 무협 용어구먼!"
 "그러니까. 흔하다는 게 그쪽에서 흔하다는 거잖아."
 "아니거든? 머글도 쓰거든?"
 "우린 보통 일반인을 일반인이라고 불러. 머글이 아니라, 오타쿠야."
 다행히 그때, 언제 내려왔는지 지붕에 있던 샛노란 머리 색의 멤버가 카운터 앞에 있는 빨간 머리와 투닥거렸다.
 그리고,
 "방해. 조용."

결국 창가에 있던 파란 머리의 멤버까지 왔다.

다행히 이 멤버는 투닥거리는 두 멤버를 억제하는 역할인 듯했다. 말투는 이선아보다 더 특이했지만 아무튼 조용해졌다.

전수 문제도 넘어갔고.

'……근데 왜 더 부담스러워졌지?'

세 명이 말없이 빤히 쳐다봐서 그런가.

그럴 거면 차라리 투닥거리는 게 나을 수도.

"일단 여기, 탕후루 나왔습니다."

그래서 얼른 메뉴를 내주기로 했다.

카운터 앞에서 떠드는 사이에 여기 셋에게 줄 건 다 만들었다. 그리고 종류별 탕후루를 시작으로 팬케이크, 민트초코 프라푸리노, 복숭아 요거트, 라임 무알콜 모히토 등등.

빠르게 내줬다.

근데…… 여기서 먹는 건가?

"우와! 이거 진짜 맛있다! 끈적거리지도 않고 바삭바삭해!"

"좀 조용히 먹지? 그렇게 말하면서 먹으니까 자꾸 이상한 짤 돌아다니잖아."

"그게 뭘! 팬들은 귀엽다고 하거든?"

저 둘은 먹으면서도 싸우는구나. 그리고 조용한 다른 한 사람은…….

"맛있어……."

먹는다.
조용히, 그리고 빠르게 옆에 있는 녀석들 것까지.
"앗!? 이소정!"
"소정 언니! 그건 내 건데!"
"나은 언니 온다."
순식간에 자기들 걸 뺏긴 둘이 항의했음에도 눈 하나 깜짝하지 않은 소정이란 멤버는 뒤를 가리키며 시선을 뺏었다. 그리고 또 슬쩍 다른 멤버의 탕후루를 먹었다.
한두 번 해 본 솜씨가 아닌데?
'잘들 노네.'
케미라는 게 이래서 생기는 건가?
사이도 좋고 뭔가 합이 잘 맞는다.
그냥 일상이 시트콤인 사람들을 보는 것처럼.
그래서 더 저 셋의 머리 위에 떠 오른 재능의 꽃봉오리가 눈에 들어왔다.
저게 활짝 피면 더 좋은 모습이 되지 않을까 하는 생각이 들었으니까.
'일단 이걸로는 안 되네.'
예상은 했지만 맛있는 음료와 디저트로는 아쉽게도 꽃을 피우지 못했다.
그렇다고 실망하진 않았다. 재능의 꽃들의 상태가 나쁘지 않았으니까.
계기만 있으면 꼭 지금이 아니더라도 필 수는 있을 터.
작은 욕심으로는 그걸 여기서 보고 싶긴 했지만 크게

욕심부려서 무리할 생각은 없었다.

"근데, 사장님. 저희 아시는 거 맞죠? 나은 언니도 아는 거 보면."

"예. 블루 카멜리아 맞죠?"

빨간 머리, 그러니까 예린이라고 불리는 멤버가 이상하다는 듯 고개를 갸우뚱했다.

왜지? 딱히 이상한 짓은 안 했는데.

"네. 맞아요! 아시는구나. 난 또 모르시는 건가 했네요."

"……?"

"아니, 저희 보고도 놀라지도 않고 그래서요."

"아."

블루 카멜리아 멤버들을 보고 놀라지 않은 이유에는 여러 가지가 있지만 일단…… 가장 큰 건 역시 여왕벌을 본 지 얼마 안 됐기 때문이다.

그때의 그 놀라움에 비하면 미안하지만 블루 카멜리아는 그냥 귀여운 애들이었다.

사실, 하는 짓도 수아랑 크게 다르지 않아서 그런 것도 없지 않아서 익숙한 것도 있었다.

딸랑~ 딸랑~

"너희들 왜 다 여기 있어?"

"앗!"

어떻게 설명하나 싶던 그때, 마침 고나은과 매니저도 들어왔다.

그러자 안에 있던 셋의 움직임이 분주해졌다.

바로 나온 메뉴들을 급히 먹기 시작한 것이다.

"야야! 니들 관리 안 할 거야? 활동 완전 끝난 거 아니라고요."

"아. 쫴! 히킹훙거 마웅대러 하흐매!"

"뭐라는 거야. 에휴."

입 안 가득 팬케이크를 쑤셔 넣은 예린이 매니저의 말에 항변했다.

시키는 거 마음대로 시키라고 했잖냐는 것 같았다.

분명 처음 주문할 땐 그랬지. 다만, 여기 있던 세 명은 고나은과 매니저가 나간 사이 추가 주문을 했을 뿐.

주문 메뉴가 많았던 건 그 때문이었는데…….

'합의된 게 아니었구나.'

난 또 원래 그렇게 먹는 줄 알았는데, 그게 아니라 몰래 시킨 거였네.

설마 그래서 일부러 카페 안에 있었나?

물론 미소라는 막내는 아직도 지붕 위에 있긴 한데 위에 뚫린 창문으로 기회를 호시탐탐 노릴 수 있었으니.

일부러 각자 자리에서 쉬자고 말하면서?

"언니, 어차피 얘들 집에 가면 여기서 먹는 것보다 더 먹고 올 거 알잖아요. 돌아와서 또 바짝 하죠, 뭐. 그치?"

"응응!"

"옳소!"

"……."

말없이 엄지척하는 소정까지 고나은의 뒤로 숨었다.

매니저의 칙칙한 아우라가 한결 더 칙칙해져 보이는 건 착각일까?

이 사람, 피로부터 좀 어떻게 해야겠다.

"두 분 것도 나왔습니다."

고나은과 매니저가 시킨 메뉴를 가져왔다. 그걸 보고 옆에 있던 세 사람이 침을 흘렸다.

참, 잘 맞는 사람들이네.

"와! 이 복숭아 병조림 엄청 향긋하네요?"

"그렇죠? 여기 앞에 마을 이장님 댁에서 주신 건데 향도 좋고 맛도 좋습니다."

"어? 마을이요?"

"예. 바로 길 건너 다리를 지나면 마을이 나오거든요. 거깁니다."

복숭아 병조림을 먹고 감탄하는 고나은에게 마을에 관한 얘기를 해 줬다.

별다른 뜻은 없었다.

그런데.

"저희 거기 가 봐도 되나요??"

"마을요?"

"네!"

"뭐, 안 될 거야 없을 텐데…… 이장님한테 여쭤볼까요?"

촬영도 아니고 그냥 놀러 오는 거니까 이장님도 반대할

것 같진 않았다.

아니나 다를까, 이장님은 마을 분들한테 방해되거나 피해만 안 주면 된다고 하셨다.

"괜찮다고 하시네요. 그리고 이장님 밭에 가서 구경하셔도 된대요."

"밭이요?? 와! 재밌겠다! 복숭아나무도 있고 그런 거죠? 귀엽겠다!"

이장님 밭은 귀엽다기보다 웅장한데…… 뭐, 그건 가서 보면 되겠지.

"음료는 그럼 포장 컵으로 바꿔드릴까요?"

"그래 주시면 너무 좋죠!"

그렇게 마을 탐방이 결정됐다.

* * *

"우아~마을이 진짜 예뻐요!"

"시골이다. 시골. 신기해!"

고나은이 연신 마을의 풍경을 보며 감탄했다. 그리고 그걸 옆에서 계속 들었다.

왜냐면…….

'얼떨결에 안내를 하게 될 줄이야.'

마을을 안내해 주는 역할을 내가 맡게 된 것이다.

이장님이야 밭일 덕에 바쁘니 당연했다. 다른 마을 분들이 할 수는 없는 노릇.

하필 오늘 이선아는 개인 방송 한다고 하고, 한송이는 작업 중인지 답이 없어서 결국 내가 하게 됐다.

'사실 굳이 안 해도 되긴 한데.'

혹시나 다른 세 멤버의 꽃봉오리를 개화시킨 힌트를 얻을 수 있지 않을까 싶어서 승낙해 버렸다.

고나은이 사실은 엄청난 수다쟁이라는 걸 잊고 말이다.

매니저는 없었다. 갑자기 일이 생겼다고 그게 끝나면 데리러 오겠다는 말만 남기고 가 버렸다.

그쪽이야, 뭐…….

'음료 효과 제대로 받았으니까 괜찮겠지.'

피로에 효과 있는 사과 민트 청 에이드에 활력 회복을 시켜 주는 꿀까지 넣어서 줬으니, 가면서 마시면 아우라 상태는 좋아질 거다.

오히려 내가 문제였지.

이거 힌트 찾아보려다가 귀에 피가 날 수도? 알고 보면 매니저가 일부러 튄 거 아냐?

"……에이. 아니겠지?"

"네? 뭐가요? 뭐가 아니에요?"

"아닙니다."

블루 카멜리아 멤버만 남은 상태였는데 생각 외로 말썽은 없었다.

고나은의 수다를 알고 있는 건지 다들 얌전히 눈에 띄지 않게 뒤로 빠졌다.

차라리 사고를 쳐 주는 게…….

귀를 막아버릴 수도 없고, 일단 고나은의 수다에서 벗어날 소재를 찾아 마을을 살펴보던 그때!

반짝~ 반짝~

'응?'

아우라가 반짝거렸다.

그것도 뒤에 빠져 있던 멤버인 소정과 바로 근처에 있는 파란 대문 집이 동시에 그랬다.

이건 뭘 알려 주는 감각이지?

설마……?

3장

 어떻게 보면 여왕벌이 될 꿀벌에게서 봤던 그 반짝거림과 비슷했다.
 그렇다는 건 잠재된 뭔가와 관계됐다는 걸 감각이 알려주는 것일지도.
 '확실한 건 아냐.'
 하지만 감각의 빅데이터라는 게 그런 거였다. 확실하진 않지만 이렇게 느껴지는 거니까.
 "왜요? 저기 아는 사람 있어요?"
 고나은이 옆에 와서 물었다.
 파란 대문 집 앞을 보고 있으니 그런 거였다. 그러고 보니 이 집, 이장님 댁이잖아?
 라고 생각하기 무섭게 인기척이 느껴졌다.

그리고.

철컥!

문이 열리며 이장님이 나타났다.

"헉?!"

갑작스런 이장님의 등장에 블루 카멜리아 멤버들이 내 뒤에 숨었다.

놀란 건 알겠는데 왜 숨는 거지?

아…… 그리고 보니 자주 봐서 그렇지, 우리 마을 이장님이 좀 외형적으로 쉽지 않은 분이긴 하지.

그래도 착한 분인데 말이야.

"안녕하세요?"

"어이쿠. 내가 놀라게 했나? 마침 나오려는데 사람 소리가 들려서 말일세."

인사를 하자 이장님도 멋쩍은 표정으로 머리를 긁적이며 말했다.

큰 소리에 놀란 아기 고양이 마냥 내 뒤에 숨은 네 사람이 왜 그런지 아는 눈치였다.

"아, 그런가요? 아까 말했던 분들 마을 구경시켜 드리고 있었습니다."

"허허. 그렇구먼. 이거 바쁜 사람한테 유명인들이라고 마을 안내를 시킨 것 같군."

"에이. 아닙니다. 겸사겸사하는 거죠."

혹시 다른 손님이 오지 않을까 걱정은 되지만 그럴까 봐 브라우니를 남겨 뒀다.

꿀벌 대소동 이후로 소통이 더 쉬워지고 간단한 얘기 정도는 알아들을 정도의 자아를 가졌다.

'신기한 일이야.'

아우라라는 게 아직 어떤 건지 정확히 몰랐다.

하나 확실한 건, 많은 가능성을 가지고 있다는 정도?

"뭘 그렇게 생각하나?"

"아닙니다. 아참! 그 혹시 저번에 가지고 가셨던 말벌집은 어떻게 됐나요?"

이장님의 말에 이럴 때가 아님을 깨닫고 물었다.

사실 진짜 말벌 집이 궁금한 건 아니었다.

"으응? 그야 뭐, 술 담았는데……."

"말벌 집?"

"그게 뭐야?"

"술 담갔대."

"……쓰읍."

이장님의 말에 뒤에서 수군거리는 소리가 들렸다.

근데 마지막에 침 닦는 소리는 누구야?

"저 혹시 구경해도 될까요? 궁금해서."

"그거야 어렵지 않지. 근데 뒤에 아가씨들도 볼 건가? 담근 지 얼마 안 돼서 썩 예쁘진 않은데."

이장님의 말에 뒤를 돌아봤다.

다들 물음표 가득한 표정이었다.

"아, 여긴 우리 마을 이장님이세요."

"우아! 이장님. 완전 세 보이시는데. 원래 이장님은 저런가? 안녕하세요!"

이제야 소개를 시켜 드렸네.

고나은이 먼저 인사를 하자 나머지도 인사를 했다.

이장님이라는 말에 다들 안심한 표정들이다.

아니, 대체 뭐라고 생각했길래.

"아무튼 보는 거야 어렵지 않지. 자자, 들어와요."

됐다.

고나은이 웃으며 말하자 이장님은 당연히 흔쾌히 들어오라고 했다.

이걸 노리고 물은 건데 다행이다.

"근데 마을 이장님이 우리 체육관 관장님보다 몸이 좋아 보이시네. 비결이 있나?"

"왜? 배우게?"

"배울 수 있으면 좋지. 저거 진짜 쉽지 않다? 너도 지금이야 쌩쌩하지 어? 조금만 지나면 운동 안 하고는 관리 안 된다?"

"난 언니보다 어리니까 좀 더 쌩쌩하겠지. 그때 할래."

"이게!"

뒤에선 여전히 수군거렸지만 고나은이 한 번 뒤돌아보니 입을 싹 닫았다.

역시 리더는 리더였다.

'전에 모습을 생각하면 더 자신감도 넘치는 것 같기도 하고, 그만큼 책임감도 있는 것 같네.'

무리를 이끌어 갈 땐 저런 리더가 좋았다.

예전 회사 부장을 생각하면…… 참, 비교할 게 안 되네.

어째 한참 어린 고나은이 더 리더처럼 느껴졌다.

"아참. 저기 안에 주술같이 염불 외는 애 하나 있긴 한데, 신경 안 써도 되네."

푸른 대문을 열고 안으로 들어가니 넓은 마당이 나왔다.

그리고 그 마당을 가득 채우고 있는 헬스 기구도 보였다.

밭에서도 하고 집에서도 하시는 건가? 그리고 주술 외는 소리는 뭐지?

슬쩍 시선을 따라가 보니…….

반짝! 반짝!

'어?'

이장님이 가리킨 별채 같은 건물에서 아우라가 반짝거렸다.

저기에 뭐가 있는 것 같았다.

"와! 집이 엄청 커요!"

"야외 헬스장!"

"저기 수영장도 있어."

"……수영장 아님. 자쿠지."

하지만 오래 시선을 줄 수 없었다.

고나은과 아이들이 이장님 집을 둘러보며 내는 소리에 고개를 돌렸다.

그러고 보니 나도 이장님 집은 어렸을 때 와 보고 처음인데. 그때랑 기억이 좀 다른 듯했다.

물론 그때도 넓었던 집이었다. 그런데 지금은 거의 대궐 같은 분위기였다.

'이거…… 왠지 할아버지 손을 탄 것 같은데?'

스타일이 그랬다.

지금 내가 살고 있는 한옥 스타일의 구옥(舊屋)와 비슷하다고 해야 하나? 차이점이라면 규모였다.

"확장하셨나 봐요?"

"오! 어떻게 알…… 아참. 어릴 때 와 봤지?"

"예. 그때랑 좀 다르네요."

"허허! 자네 할아버지께서 손 좀 봐주셨어."

"역시."

내 생각이 맞았다.

그나저나 여전히 새로운 건축물을 보면 눈을 못 떼는구나. 이럴 때가 아닌데.

이거 블루 카멜리아에게 구경을 시켜 준다고 해 놓고 내가 구경하는 것 같다.

"진짜는 여기가 아니라 안으로 들어가야 하네."

"안에요? 뭐가 더 있나요?"

"어차피 노봉주도 안에 있으니까 들어가자고."

노봉주는 말벌 집을 술에 담근 걸 말했다.

목적은 별채 쪽에 있었지만 일단 명목상 그걸 보러 온 거니.

어쩔 수 없이 이장님의 말 따라 안까지 들어가 보기로

했다.

물론 조금 기대가 되긴 했다.

할아버지가 손을 댔다고 하니까. 그리고 그 기대는 안으로 들어가자마자 충족이 됐다.

마당과 별개로 안쪽에도 중정이 있었다.

넓지는 않지만 그래서 더 고풍스러운…….

거기에 거목이 중앙에 그대로 남아 있는 고즈넉하면서 우아한 풍경이었다.

주변은 디귿 자 모양으로 건물이 감싸고 있었는데 딱 옛날 양반집 모양새였다.

"우와! 저 나무 되게 커요!"

"집안에 이런 것도 있구나. 와—! 나중에 은퇴하면 나도 이렇게 하고 싶다."

"그러려면 돈 많이 벌어야 될걸?"

"허허! 저게 사실은 보호수였는데 이젠 거의 다 죽어서 내가 돌보고 있다네."

저것 때문에 집을 이렇게 바꾼 건가?

고나은과 멤버들이 관심을 보이자 이장님 즐거워하며 설명을 해 줬다. 그사이 나는 늙은 거목을 살폈다.

어릴 적 본 기억이 있었다.

원래 이장님 댁 담벼락 쪽에 있던 거목이었던 걸로 기억한다.

그때도 사실 살아 있다는 느낌은 못 받았는데 지금은…….

'죽어 가고 있구나.'

조금은 안쓰러운 마음이 들었다.

내가 언제부터 나무에 이렇게 관심이 생겼는지 모르겠지만…… 아우라를 볼 수 있어서 그런가?

오랜 시간을 버텨 왔을 거목의 마지막이 꽤 색다른 느낌으로 다가왔다.

"자네 할아버지가 이건 절대 베면 안 된다고 하도 그래서 말일세. 그러면 안 벨 수 있게 만들어 달라고 했지."

"아하."

할아버지의 마이웨이는 이장님도 이기지 못했겠지.

나참. 그래도 남의 집에 이렇게 큰 오지랖을…… 잘 부리셨네.

카페에 이어서 이것도 할아버지가 있었다면 엄지척을 했을 듯했다.

'아차! 자꾸 나도 모르게 여기 온 목적을 까먹네.'

당연히 노봉주가 목적은 아니었다.

아까 반짝거리던 아우라가…… 응? 이건 또 어디 갔지?

잠깐 딴 데 정신이 팔린 사이 반짝거리던 아우라가 안 보였다.

그 말은 즉.

"어? 근데 소정인 어디 갔어?"

"소정 언니? 소정 언니야 늘 말없이 뒤에…… 엥? 없네?"

고나은과 다른 멤버들도 눈치를 챘는지 급히 주변을 두

리번거렸다.
 이장님댁 별채와 함께 반짝거리던 아우라의 주인인 짙은 파란 머리의 멤버, 소정이 없어진 것이다.
 "아, 그 친구? 아까 저 별채에 가보는 것 같던데."
 "예?"
 아니, 이장님. 여기 본인 댁 아니세요?
 너무 아무렇지 않게 자기 집을 아무렇게나 돌아다니고 있는 사람의 행적을 말했다.
 "어머! 죄송해요. 바로 데리고 올게요."
 "허허! 괜찮네. 궁금하면 그럴 수도 있지. 내 딸하고도 얼마 차이 안 나는 것 같은데, 편하게 돌아다녀도 되네."
 고나은이 상황을 파악하고 사과를 하자 이장님은 괜찮다며 손사래를 쳤다.
 역시 그릇이 남다른 분이야.
 "어, 그럼 저 마당에 있는 운동 기구 좀 구경해도 돼요?"
 "오! 그걸 말인가? 좋지! 그거야 내가 설명해 줄 수도 있네."
 "아싸!"
 빨간 머리의 예린이 이장님의 말에 기다렸다는 듯 말했다.
 그건 오히려 이장님이 좋아하는 거였다. 자기 관심 분야에 관심을 가져 주는 게 얼마나 기쁜 일인가.
 그것도 이 동네에는 거기에 관심 있는 사람이 없으니.

"……음."

그래도 그렇지. 나와 고나은, 그리고 남은 블루 카멜리아의 막내 미소만 이렇게 자기 집에 덩그러니 남겨 두면 어쩌자는 거야.

뻘쭘함에 고나은과 눈이 마주쳤다.

"우리 애들이 좀 산만하죠?"

"아뇨. 그 나이대처럼 보여서 보기 좋네요. 예의가 없는 건 아니니까요."

"다행이네요. 에휴, 막내는 미소인데 어째 둘째, 셋째가 더 말썽이네요."

고나은의 말에 노란 머리의 미소도 고개를 절레절레 저었다.

"우리도 나가 볼까요?"

집주인인 이장님이 밖에 있고, 사실 노봉주는 그렇게 보고 싶지 않았다.

어차피 그렇게 예쁜 모양은 아닐 테니까.

예전에 현장에서 작업 지시하다가 건축주가 고생한다며 들고 와서 직접 봤으니 알 수 있었다.

그래서 그냥 나가려고 하는데.

"언니! 나는 여기 더 있어도 돼?"

"응? 여기에?"

"응! 나 얘가 마음에 들어."

막내 미소가 거목을 가리키며 고나은에게 말했다.

물론, 사실상 나한테 말한 거였다. 고나은도 알기에 나를 봤다.
 "여기에 있는 것 정도는 괜찮을 겁니다."
 "그럴까요?"
 이장님이 그렇게 얘기하고 떠났으니 뭐, 괜찮겠지.
 잘나가는 아이돌이 허튼짓을 할 것 같지도 않고.
 '우리 카페에서도 지붕 위에 올라갔지. 이런 느낌을 좋아하나 보다.'
 그냥 지붕에 난 창문으로 장난치고 싶어서 그런 줄 알았는데.
 종종 오랜 시간을 품은 고목, 숲, 호수 등등의 자연경관을 혼자서 차분하게 보는 걸 좋아하는 사람들이 있었다.
 그걸 저렇게 발랄해 보이는 막내가 좋아한다는 게 특이하긴 했지만.
 아무튼 그렇게 혼자 두고 고나은과 다시 마당 쪽으로 걸었다.
 "감사해요. 이렇게까지 해 주시다니."
 고나은이 슬쩍 감사를 표했다.
 사실 나도 이렇게까지 할 생각은 없었지만, 굳이 사양할 필요는 없지.
 괜찮다는 의미로 어깨만 으쓱했다.
 그러자 고나은은 잠시 고민하다가 입을 뗐다.
 아까 발랄했던 모습과 상반된 진지한 모습이었다.
 "사실, 여기 올 때만 해도 목적이 있었어요."

"목적이라면?"

"머쉬루비 선배님이 왔다가 가셨죠? 여기서 돌아온 뒤로 머쉬루비 선배님이 갑자기 달라지셨다는 얘기를 들었어요. 그러다 우연히 작업실 근처를 지나갈 일이 생겼는데 어렴풋이 들리는 곡이…… 왠지 여기서 제가 느낀 감정이랑 동화되는 기분이었어요."

역시 그것 때문에 온 거구나.

그런데 갑자기 왜 이런 얘기를 하는 거지?

"근데 제가 너무 제 생각만 했나 봐요. 동생들도 휴식이 필요했을 텐데."

"지금 충분히 각자 잘 쉬고 있는 건 아닌가요?"

"그러니까요. 사장님 아니었으면 이렇게 쉬지도 못했을지도 몰라요. 다음 신곡 컨셉 얘기를 카페에서 했으면 애들도 제대로 못 쉬었을 테니까요."

듣고 보니 그랬다. 같은 걸 하더라도 일과 관계가 되는 얘기를 들으면 그건 휴식이 아니라 일이니까.

그래도 이런 소리는 좀 민망하긴 한데…….

"응?"

천천히 마당으로 나오다가 순간 잘못 본 게 아닐까 싶은 모습을 발견했다.

반짝! 반짝!

아우라들이 춤을 추듯 반짝거리고 있었다.

그것도 한 곳이 아니라 두 곳에서.

하나는 당연히 별채 쪽이었고, 다른 하나는…….

"오오! 아가씨 자세가 꽤 괜찮군. 여기서 허리를 좀 더 세워 보게."

"앗! 느껴지는 것 같아요! 이쪽 근육에 힘 주면 되는 거죠?"

"좋네! 아주 좋아! 재능있구먼!"

마당 헬스장에서 열심히 강습 중인 이장님과 예린이 있는 쪽에서였다.

저쪽은 명확하네.

예린의 재능을 이장님이 개화시켜 주고 있는 게 눈에 보였으니.

그렇다면 별채 쪽은?

─벌레 컷."

─방플? 해도 안 됨.

─극찬 나왔?

저게 뭔 소리야.

슬쩍 가서 보니 들리는 이장님이 말할 주술 외는 듯한 소리에 혼란해지려던 찰나.

"아!"

생각났다.

이선아가 개인 방송할 때 내는 소리라는 걸.

그럼 혹시 지금?

바로 전에 이선아가 단톡방에 올린 링크를 누르자…….

개인 방송 중인 이선아가 나왔다. 그리고…… 그 뒤에는 언제 저기 갔는지 모를 소정이란 친구가 있었다.

별채의 반짝거리는 아우라와 폰 화면에 뜬 개인 방송을 번갈아 봤다.

아무래도…… 소정은 이선아의 도움으로 재능이 개화하고 있는 듯했다.

얼떨결에 데려온 이장님 댁인데 이렇게 되다니.

'그럼 이제 남은 건…….'

나머지 한 사람도 개화하면 어떻게 될지 궁금해졌다.

조금 가벼운 마음이었는데…… 기왕 이렇게 된 거 저쪽도 적극적으로 찾아봐야겠는데?

욕심이 생기는 건 아니었다.

그냥, 궁금했다.

재능이 개화할 때 그 모습은 어떨지.

카페에서 힐링하고 떠나는 사람들에게서 밝은 아우라가 뿜어져 나올 때의 그 뿌듯함과 감동처럼 말이다.

전에 우다연의 목공 재능을 개화시켜 줄 때와 머쉬루비의 억압된 재능을 되살려줄 때.

그리고 남우신 씨의 새로운 재능의 꽃에 대한 가능성을 심어 줬을 때 얼마나 뿌듯했던가.

마침 이렇게 기회가 왔으니 그냥 보고 있긴 아쉬웠다.

물론 남은 한 사람의 재능을 꽃피우는 방법을 찾기 전에 우선…… 이쪽부터 정리해야겠지.

"어? 얘는 또 언제 저기 들어갔지?"

"그러게요. 근데 괜찮나요? 연예인이 개인 방송에 나와도."

"매니저 언니한테 말해야죠. 뭐…… 근데 괜찮을지도?"

내가 켜 놓은 개인 방송을 보며 고나은의 의외라는 표정을 지었다.

사실 그건 나도 마찬가지였다.

소정도 소정인데 이선아가 같이 태연하게 방송을 이어 가고 있는 게 신기했기 때문이다.

저쪽에선 프로는 프로라는 건가.

그럼에도 걱정되는 건 역시 연예인은 소속사에 계약되어 있다는 사실이었다.

특히 아이돌은 SNS부터 해서 개인 연락까지 관리를 받는다고 알고 있었다. 물론 소문으로만 들은 거지만.

"안 그래도 방금 매니저 언니한테 톡 했는데 괜찮대요."

"그래요?"

"네. 오히려 반응이 좋다는데요?"

"아아."

그래. 일단 반응이 좋으면 뭐라 하기 힘들지.

물론 나중에 주의를 줄 수는 있겠지만.

어쨌든 다행이다. 근데 이선아도 프로긴 프로다.

어떻게 이렇게 자연스럽게 게스트를 쓰는 거지?

"근데 이분 소정이랑 뭔가 비슷한 스타일이네요."

"선아가요? 음."

그러고 보니 이선아가 방송할 때 하는 말투도 아까 단어만 내뱉던 소정과 비슷했다.

평소에는 저 정도는 아니긴 한데…….

음, 뭐만 말하면 컨텐츠 각이라고 하던 말투랑 비슷하긴 하네.

그래선지 둘이 같이 있는 게 뭔가 이질감이 없었다.

마치.

"꼭 자매 둘이서 방송하고 있는 것 같네요."

고나은의 말에 고개를 끄덕였다.

스타일도 비슷했다. 이선아가 게임을 하고 옆에서 소정이 소통을 하는데 이질감이 전혀 없을 정도니까.

"다행이에요. 소정이가 폐를 끼치진 않을 것 같네요."

"쟤는 오히려 좋을걸요."

이선아는 컨텐츠 괴물이니까.

아무튼…… 소정의 재능은 잘 개화되고 있었다.

그리고,

"하체는 기본이지!"

"그럼요! 옷 태도 하체부터거든요!"

"허허!"

저쪽도 뭐, 잘 개화하고 있었다.

"저분은 원래 운동을 좋아하나 봐요?"

"그냥, 엉덩이에 집착이 좀 심해요."

"아."

"근데 이장님이라는 분도?"

말없이 고개를 끄덕였다.

밭일하면서도 운동하겠다고 거기에 헬스장을 만든 양

반이니.
"그건 그렇고 다들 잘 쉬고 노는 것 같은데요?"
아까 고나은이 했던 말을 떠올려 화제를 바꿨다.
이제 남은 한 사람은 어떻게 해야 할지 힌트를 얻어야 하니까.
"그러게요. 오히려 저만 못 쉬고 있네요."
"이제라도 좀 쉬면 되죠."
어쩐지 축 처진 모습의 고나은이었다.
아까 발랄하던 모습은 어디 갔는지.
이거 남은 한 사람 재능의 꽃을 피우기 전에 고나은부터 저 죄책감을 덜어 줘야 하나.
아우라 상태를 보니 심한 건 아니지만 괜히 풀이 죽어 있는 것 같아서 신경 쓰인다.
"응? 저건 매실인가? 이장님, 혹시 저거 매실인가요?"
"그렇지! 어? 어어. 맞네. 요번에 딴 건데 잘 익었어."
"그래요? 혹시 이걸로 음료 하나 만들어도 될까요? 마침 목도 마른데."
"호? 그럼 나야 좋지! 저쪽에 가면 주방 있네. 그냥 아무거나 다 쓰게."
가지고 온 음료는 이미 다 마셨다.
그런데 마침 마당 한쪽에 쌓여 있는 매실 박스가 보였다.
그걸 보니 목을 축일 괜찮은 음료가 하나 떠올랐다. 이장님 허락은 받았으니…….

매실 박스를 자세히 살폈다.

초록색이 아닌 마치 사과처럼 노랗고 붉게 익은 매실이었다.

근데 생각해 보니 이것보단 매실청이 있으면 좋은데……

"아차차! 작년에 담은 매실청도 있을 텐데 그거 써도 되네."

"매실청이요? 어디요?"

"잘 찾아보면 있을 걸세. 어허! 무릎 내밀지 말고!"

아주 신나셨네. 근데 더 신나 보이는 건 예린의 표정이라 저쪽은 좀 무섭다.

얼른 매실청부터 찾으러 가야지.

"저도 같이 찾을까요?"

"그래 줄래요?"

"재밌겠다! 보물찾기네요!"

금세 발랄해진 것 같아서 음료는 굳이 안 만들어 줘도 되나 싶었지만, 이왕 시작하게 된 거 만들지 뭐.

고나은과 함께 이장님 댁에서 매실청을 찾으러 돌아다녔다.

남의 집에서 진짜 보물찾기 하는 기분이다.

일단은 주방부터.

"음…… 깔끔하네."

너무 깔끔해서 뭐가 휑했다.

찬장과 수납장, 냉장고도 살펴봤는데 매실청으로 보이는 건 못 찾았다.

"아! 거기에 있지 않을까요?"
"어디요?"
그때 고나은이 좋은 생각이 났다는 듯 말했다.
그게 어딘가 하면······.
"아까 그 큰 나무 있는 곳이요."
"아!"
고나은의 말을 듣자 이장님이 노봉주를 보여 주기 위해서 그쪽으로 가려 했다는 걸 떠올렸다.
아마 그쪽에 오랜 시간 담가 놓은 걸 두지 않을까?
나도 고나은과 같은 생각이라 바로 중정으로 향했다.
그러자.
"어? 언니~."
그곳에 혼자 남아 있던 막내, 미소가 우리를 보고 손을 흔들었다.
샛노란 머리를 하고 있어서 그런지 꼭 병아리같이 밝은 모습이다.
그러고 보면 아직 고등학생 정도 밖에 안 되어 보이는데, 벌써 사회생활이라니······.
수아가 가려는 길이 저거라고 생각하니 어쩌면 진짜 생각보다 빨리 마을을 떠날지도 모르겠다.
"사장님!"
"네?"
"저 나무, 꼭 사장님 같아요."
"······그게 무슨."

그때, 미소가 엉뚱한 소리를 했다. 내가 나무 같다니.

아, 혹시 늙은 고목 같다는 건가?

"제가 그렇게 나이가 들진 않았는데요."

"아니이~ 그거 말고요. 그냥 보고 있으면 뭔가 묘~해요."

내가 봤을 땐 그쪽이 더 묘한 것 같은데요.

고나은이 듣고 있다가 고개를 절레절레 저었다.

"얘가 좀 엉뚱해요. 속은 깊은데…… 아! 전에 카페 처음 왔을 때 사실 미소 얘기 듣고 왔어요."

"그래요? 이쪽 분은 오늘 처음 보는 것 같은데."

"딱 여기라고 말하진 않았는데 그냥 멀리 가서 쉬다 오라고 했거든요. 그때 딱! 여기에 온 거죠. 신기하죠?"

신기하긴 하네.

아깐 한 엉뚱한 말도 그렇고.

이쪽이 더 묘한 것 같은데.

"가끔 우리끼리 농담하는 말인데, 미소한테 그게 있지 않나 싶어요."

"그거요?"

"촉!"

"……촉이요?"

"그 왜, 가끔 연예인 중에 촉이 좋은 사람이 있다고 하잖아요. 기운이 세서."

"아아."

그런가?

미소를 다시 봤다. 그리고 텍스트창을 봤다.

[이미소]
*상태
—평온
*잠재 재능
—??

사실 카페에 있을 때부터 봤던 거였다. 그리고 지금도 별반 다른 게 없었다.
다른 두 사람은 잠재 재능이 개화돼서 사라졌는데 말이지.
소정은 [연기], 예린은 [운동]이었다.
소정의 재능이 조금 의외긴 하지만 마치 화면 속 사람들이 눈앞에 있는 것처럼 행동하는 게 연기는 맞으니까.
예린은 말할 것도 없고.
아무튼 지금 남은 미소의 재능은 볼 수 없었다.
그래서 힌트가 어려운 거고.
몰입을 써 볼까?
"어! 사장님. 이거 아니에요?? 매실청?"
일단 그 전에 여기 온 다른 목적부터 해결해야 될 것 같다.
고나은이 매실청이 담긴 유리병을 들고 왔다.
"맞네요."

살짝 열어 보니 매실청이었다.

아주 향긋하고 달콤한 매실 향이 물씬 나는, 제대로 숙성된 청이었다.

"미소 너도 같이할래?"

"뭐 하는데?"

"사장님이 음료 만들어 주신대. 그거 도우려고."

"와! 재밌겠다. 나도 할래!"

미소까지 해서 셋이 음료를 만들기 위해 주방을 찾았다.

사실 음료라고 하기에도 그랬는데.

'매실청이 있으면 탄산수에 타면 되니까.'

따로 레시피도 필요 없었다.

그래도 이대로는 심심하니 생 매실도 넣기로 했다. 과육 조금과 즙도 조금.

"잘 씻어서 주시면 돼요."

"네!"

매실 씻는 건 둘에게 맡겼다.

그리고 손질은 내가 했다.

사각! 사각!

씨는 버리고 과육을 잘게 육면체로 썰었다. 마실 때 적당히 식감이 있을 정도로만.

그리고 나머지는 즙을 짰다.

"와!"

"무슨 춤추는 거 같다."

옆에서 감탄하는 소리를 들으니 괜히 으쓱한다.
이렇게 직접 보여 준 적은 없었는데…….
'목생 재능 덕을 많이 보네.'
일단은 음료 만드는 데만 집중하기로 한다.
냉장고에서 아까 확인한 탄산수를 꺼냈다.
착!
"어때요? 보조 괜찮죠?"
"그러게요. 우리 카페 알바로 부르고 싶네요."
"오! 재밌겠는데요? 그치 미소야?"
"……농담입니다. 시급이 감당이 안 될 것 같네요."
내가 컵을 찾기 전에 먼저 고나은과 미소가 찾아서 가져다줬다.
그리고 농담을 했는데 큰일 날 뻔했다. 물론 고나은도 농담이겠지만 왠지 진심인 것 같아서 더 그랬다.
"여기에 탄산수 가득 채워 주시면 돼요. 그리고 여기 마지막으로 즙을 한 숟가락씩 넣으면 될 것 같네요."
"네!"
매실청과 과육, 얼음은 내가 컵에 정량에 맞게 담아서 컵을 건넸다.
고나은이 탄산수를, 이미소가 매실즙을 넣었다.
그리고 그렇게 만들어진 시원한 매실 에이드에…….
사라랑~
아우라를 일으켰다. 그리고 희생을 사용해 역발산기개세의 재능을 담았다.

엄청 의미 있는 건 아니었다. 단순히 맛있어지라고 하는 거니까.

  물론 매실청이 향도 좋고 당도도 좋지만 그래도 더 맛있어지면 좋으니까.

  '응?'

  그런데 이걸 보고 있는 이미소의 눈빛이 좀 묘했다.

  뭐지?

  아.

  조금 이상하게 보일 수 있겠구나.

  재능을 불어넣는 모습이 다른 사람들 눈에는 음료에 손을 가만히 대고 있는 모습이니까.

  하나면 모르겠지만 여러 잔에 그러고 있으면 이상하게 볼 법했다.

  "그건 뭐 하는 거예요?"

  "별거 아닙니다. 그냥 맛있어지라고 기도하는 거죠."

  이럴 때 쓸 변명 정도는 바로 생각이 났다.

  그리고 이미소와 고나은까지 수긍을 했다.

  "맛있어져라~ 맛있어져라 하는 거네요?"

  "그렇죠. 같이 하실래요?"

  "아하핫! 좋아요!"

  고나은은 바로 승낙했고 이미소는…….

  "이렇게요?"

  "……?!"

  고나은과 똑같이 하는데 달랐다.

이미소의 손이 움직일 때마다 내가 불어넣은 아우라가 요동을 쳤다.

저게 어떻게 된 거지?

설마…… 아우라를?

그 순간!

반짝! 반짝!

이미소의 머리 위에 달린 재능의 꽃 주변으로 아우라들이 반짝거리기 시작했다.

저건 개화의 징조였다. 갑자기 이게 어떻게 된 거지?

"엥?"

이미소가 이상한 듯 고개를 갸우뚱했다. 그 반응에 티는 내지 않고 살펴봤다.

아우라는 보는 건 분명 아니었다. 그렇다는 건…….

재능의 꽃이 개화하는 모습을 지켜봤다.

아우라들이 모여 춤을 추자 꽃봉오리가 기지개를 켜듯 살랑살랑 움직였다.

그리고 마침내!

팟!

예쁜 노란 빛의 아우라를 닮은 꽃이 싱그럽게 피어났다.

동시에 재능도 떠올랐다.

[감화—역발산기개세]

역시, 이미소의 재능이 내가 음료에 넣은 재능을 그대로 흡수한 거였다.

이게 음료에 불어넣은 효과와 어떤 차이를 보이는지는 살펴봐야겠지만…….

'진짜 묘한 사람이었네.'

아무것도 모르지만 뭔가 이상한 걸 느끼는지 고개를 갸우뚱하는 이미소의 모습에 황당함을 느꼈다.

하지만 그렇게 있을 새는 없었다.

왜냐면 아직 하나 남았거든.

"미소야 왜? 뭐가 이상해?"

"응? 아냐. 그냥 기운이 넘치는 느낌이야. 잘 쉬어서 그런가?"

고나은과 이미소의 대화에 슬쩍 끼어들었다.

"이제 음료 나눠 주러 같이 가실까요?"

고개를 끄덕이는 둘과 함께 고목이 있는 중정을 지나려는데 마침 다들 안쪽으로 들어오고 있었다.

"언니들! 우리가 이거 만들었다?"

이미소가 그걸 보고 달려갔다. 고나은도 그 뒤를 따르니…….

블루 카멜리아 네 사람이 중정의 고목 앞에 모였다.

그러자 처음 봤을 때 아쉬웠던 꽃밭이 풍성하게 차올라 화려하게 피어나고. 모여든 아우라들이 그들 주변과 고목 주변을 날아다니며 마치 꽃밭의 향기처럼 퍼졌다.

그 모습에 황홀한 듯 뿌듯함이 차올랐다.

비로소 완전히 피어난 꽃들은 제각각의 매력을 뽐내면서도 또 하나인 듯 어우러졌다.

다른 사람들 눈에야 보이지 않겠지만 보여 줄 수 있다면 보여 주고 싶은 모습이었다. 진짜 예뻤으니까.

"뭘 그렇게 봐?"

"그냥, 좋아 보여서."

"아이돌이?"

"……그럴 리가 있겠냐?"

언제 왔는지 옆에 온 이선아의 말에 어이없다는 표정이 절로 나왔다.

한소정과 나오면서 개인 방송을 끝냈나 보다.

"어떻게 된 거야?"

"응? 아아. 음…… 좋은 컨탠츠였지."

한소정과 어쩌다가 같이 방송하게 됐는지 물었는데 이게 뭔 대답이래.

뭘 보고 한소정의 재능이 개화됐는지 신기하네.

[연기]였던가?

"밖에서 구경하고 있길래 들어오라고 하니까 들어오던데?"

"……그래?"

이번엔 제대로 된 대답이었지만 그마저도 참 특이했다. 오라고 한 애나 오는 애나.

뭐, 둘이 만족했으면 됐지.

하나는 컨탠츠를 얻었고, 다른 하나는 재능을 개화했으니.

"근데 오빠는 블루 카멜리아랑 어떻게 알아?"
"나? 전에 고나은 씨가 손님으로 왔었어."
"그래? 되게 친해 보이던데."
"친하기는. 그냥 마을 안내하다 보니 그런 거지."
 현직 아이돌과의 친분이라니…… 그저 카페 사장과 손님 사인데 이걸 친하다고 해야 하나?
 그때.
"사장님! 이거 진짜 맛있어요! 뚝딱뚝딱했는데 어떻게 이렇게 맛있는 거죠!?"
 다른 멤버들에게 음료를 나눠 주고 제 몫을 마신 고나은이 소리쳤다.
 전에도 느꼈지만, 방방 뛰며 좋아하는 모습이 참 토끼를 닮았다.
 토리도 신나면 저러던데.
"매실청이 맛있는 거라 그래요."
 원래 여기 왔던 목적인 재능의 꽃을 피우기 위한 힌트 찾기는 의도와는 조금 벗어났지만 결과적으로 성공했으니…….
 나도 편하게 마당 대청에 앉아서 매실 에이드를 마셔 봤다.
 매실청만 넣은 건 많이 먹어 봤지만 생 매실을 과육과 즙을 내어 넣은 건 못 먹어 봤다.
'오? 진짜 맛있긴 하네.'
 일단 상큼했다.

새콤하다는 게 아니라 매실 향이 엄청 통통 튄다는 말이었다. 아마 생 매실의 즙을 넣어서 그런 것 같았다.

매실청에서 나는, 숙성되어 응축된 향과는 조금 달랐다. 그것처럼 묵직하게 입에 남지는 않았으니까.

대신 더 가볍게 입과 코를 맴돌다가 사라졌다.

그리고 그 뒤를 매실청의 진득함이 채웠다. 달고 시원해서 갈증을 풀기 딱 좋은 음료였다.

아무래도 매실청을 좀 얻어가든지, 매실을 사야겠다.

두고두고 쓰기에도 좋을 것 같았다.

"왜 그렇게 빤히 봐? 음료 마시는 거 처음 봐?"

"아니, 진짜 카페 사장님이 시음하는 것 같아서."

"……그런가? 근데 이장님 밭에 매실도 있었네?"

"없는 거 찾는 게 더 빠를걸?"

이선아의 말대로 이장님 밭은 없는 게 없는 듯했다.

"아. 요즘 머리는 빠지더라."

"……그건 건드리지 말자."

이선아가 어깨를 으쓱했다.

이장님…… 음.

괜히 시선이 갈 뻔했지만 잘 참았다.

이제 슬슬 이장님 댁에서 나가야 될 것 같다.

"어? 애들아. 매니저 언니 이제 온대."

"진짜? 아쉽네. 더 있고 싶은데."

"다음 신곡도 대박 나면 그땐 진짜 쉬러 오자! 이장님~ 저희 그래도 될까요?"

마침 고나은도 매니저에게 연락을 받았는지 멤버들에게 슬슬 돌아가자고 했다.

거기에 이장님한테는 또 와도 되냐고 애교를 부렸다.

당연하게도 이장님은 언제든지 오라고 했다. 심지어 필요하면 집에 방이 많으니 와서 자고 가도 된다는 파격적인 제안까지 했다.

특히 운동을 가르쳐 준 예린에게는 일주일 정도 오면 상체, 하체, 기립 등등 좀 더 세분화해서 운동을 알려 주겠다고 어필했다.

정말 마음에 들었나 보다.

"돌아갈까요?"

"네!"

이선아와 한소정도 눈인사를 나눴고, 슬슬 카페에 올라가서 매니저를 기다리기로 했다.

그리고 마치 병아리들을 데리고 집으로 돌아가는 어미 닭처럼 앞장서 카페로 향하는데…….

'응?'

사라랑~ 사랑~

꽃밭을 이룬 재능의 꽃들이 블루 카멜리아가 움직이는 길에 맑고 밝은 아우라를 뿌렸다.

저렇게 돼도 괜찮은 건가?

딱히 블루 카멜리아가 아우라를 잃는 건 아닌 것 같긴 한데…….

보통 카페였으면 그러려니 했을 현상인데 아직 마을 안

이라서 의문이 생겼다.

'나한테 스며드는 것도 아니고.'

그냥 주변에 꽃향기를 흘리듯 그렇게 아우라를 주변에 흘리다니…… 이건 뭘까? 넷이서 아우라의 꽃밭을 만들어서 생긴 효과인가?

걱정보단 궁금함이 일었다.

"안녕하세요~!"

"어이구! 예쁘다. 누구 딸내미들인데 이렇게 예쁘대?"

특히 지나가던 마을 분들에게 인사를 할 때면 더 많은 아우라들이 일렁거렸다.

그리고 블루 카멜리아의 밝은 인사에 같이 밝게 답하는 마을 분들에게도…….

'어? 흡수되는 게 아니구나.'

자세히 보니 그냥 주변에 아우라들이 일렁거렸다.

마치 내가 조율을 써서 아우라들을 신나게 하는 것처럼 말이다.

그렇다면 지금 블루 카멜리아는 조율과 같은 효과를 내고 있는 걸 수도.

이거, 재미있는 걸 확인했다.

카페에서만 있을 땐 몰랐던 건데.

'손님들의 아우라가 다른 사람들에게도 영향을 줄 수 있다니.'

어떻게 보면 당연한 건데 여태 생각을 안 했다.

눈에 보이지 않았으니까.

그런데 뜻하지 않은 기회로 새로운 걸 발견했다.

'좋은 것 같은데?'

일단 아우라의 상태는 밝고 맑았다.

웃음도 전염이 된다는 말처럼 긍정적인 기운이 마을에 퍼지는 것 같았다.

"강아지들! 이것 좀 가면서 먹어."

"앗! 고맙습니다! 잘 먹을게요!"

인사를 나눴던 분 중에서는 아예 간식거리를 들고 와서 나눠 주는 분도 있었다.

거의 손주들에게 하는 듯한 모습이었다.

블루 카멜리아는 그걸 빼지 않고 웃으며 받아 줬다.

나름 이미지 관리나 팬 서비스 차원인가 싶었지만, 표정들을 보면 다들 진짜로 좋아하는 듯했다.

"와! 강정이다. 나 강정 진짜 좋아하는데."

"떡도 주셨어!"

"감자."

"김치!"

어느새 그들의 품에는 간식이 가득 안겼다.

음…… 아니, 그래도 김치까진 좀 그렇지 않나? 라고 생각을 했지만.

"우아! 묵은지래! 잘 먹겠습니다! 우리 숙소 가서 라면이랑 먹자!"

고나은이 좋아하며 받으려고 했다.

그런데…… 왜 나한테 주시는 거지?

"저 강아지들은 지금 손이 없잖여. 천 씨 손주가 들어줘."
"아. 예. 알겠습니다."
짐꾼으로 들어 달라는 거였구나.
꽤 묵직한데 얼마나 주신 거야?
이거, 저 무거워지기 전에 가야겠다.
발걸음을 바쁘게 움직이면서도 블루 카멜리아가 아우라를 뿌리는 걸 확인했다.
연예인들만 저런 효과가 있는 건지는 모르겠지만 어쨌든 좋은 일이었다.
블루 카멜리아도, 다른 사람도.
"어? 매니저 언니다!"
카페 앞 오솔길에 도착하니 아까 급한 일로 떠났던 매니저가 있었다.
"이게 다 뭐야?"
"어른들이 주셨어! 묵은지도 있다? 우리 라면……."
"안 돼! 라면 먹고 얼굴 부으려고?"
"아앙~ 한 번만~ 한 번만 먹자~"
고나은이 매니저한테 달라붙어서 애교를 부렸다.
이럴 땐 또 리더가 아니라 막내 같네. 정말 매력이 넘치는 친구야.
물론 그럼에도 매니저의 표정에는 변함이 없었지만……
반전이 있었으니.
"안 돼. 한 번 먹을 거면…… 고기랑 먹어야지!"

"앗! 진짜? 혹시 그 고기가 닭가슴살은 아니지?"
"대표님이 너희 오늘 맛있는 거 사 먹이래."
"엥? 왜?"
"광고가 들어왔거든!"
매니저의 말에 다들 방방 뛰었다.
그러자 아우라들이 더욱 만개했다.
"사장님! 감사합니다!"
"예? 저요? 제가 뭘 한 게 있다고."
"그냥, 여기 오면 늘 좋은 일만 생기는 것 같아서요! 그리고 마을 구경도 시켜 주시고. 덕분에 묵은지도 얻었잖아요!"
"아. 묵은지."
만개한 아우라를 보고 있다가 갑자기 감사하다고 해서 깜짝 놀랐네.
근데 묵은지에 삼겹살을 먹을 수 있어서 좋은 거야, 좋은 일이 생겨서 좋은 거야?
고나은의 표정을 보니 알 수 없었다.
뭐, 둘 다겠지.
"진짜 시골 할아버지, 할머니 댁에 놀러 왔다가 가는 것 같다. 그지?"
"맞아. 푹~ 쉬고 먹고~ 또 푹 쉬고. 아, 근육 바보 언니는 운동만 했지만."
"누가 근육 바보래?!"
이미소와 심예린이 또 투닥거렸다. 한소정은 말없이 고

개만 숙였다가 들었다.
"자자! 그럼 얼른 가자. 해 떨어지기 전에 가야지. 나 피곤해."
"어! 그러고 보니 우리 언니 다크서클 어디 갔어? 우리 몰래 뭐 좋은 거 먹고 온 거 아냐?"
"아니거든? 오늘 하루 종일 카페 사장님이 주신 음료밖에 안 마셨어. 나 배고파."
피로회복 효과가 들어갔는지 맑아진 아우라를 가진 매니저가 마치 유치원 선생님처럼 멤버들을 챙겼다.
다들 사이가 참 좋아 보인다.
"그럼. 저희 이만 가 보겠습니다. 오늘 애들 돌봐 주셔서 감사해요."
"예. 저도 재미있었습니다. 편하게 쉬고 싶으면 언제든 오세요."
멤버들이 다 차에 타고 매니저와 인사를 나눴다.
창문을 열고 손을 흔드는 멤버들을 보고 있으려니 꼭 시골 놀러 왔다가 집에 돌아가는 사촌 동생들 같았다.
피식!
그렇게 인사 끝에 사라지는 차를 보다 정리를 위해서 오솔길을 오르는데……!
톡! 토토톡! 톡!
"어?"
오솔길을 따라 꽃잎이 흩날렸다.
아우라로 만들어진 색색의 빛의 꽃들은 빛을 받아서 반

짝거렸는데 꼭 보석을 보는 듯했다.

그동안 아우라의 꽃잎이 흩날린 적이 없진 않았지만, 오늘은 좀 달랐다.

원래 향이 없는 아우라였는데 진한 꽃향기가 오솔길을 가득 채운 듯했다.

그래서 원래도 좋았던 풍경의 오솔길에 그 향기가 더해지니 생기가 한층 더 살아나는 듯했다.

입체감이 더 해졌다고 해야 하나?

'인지되는 감각이 늘어나서 그런가?'

물론, 이미 풀 향과 나무, 흙에서 나는 냄새들이 있긴 했지만 그것들이 베이스라면 꽃 향은 좀 더 위에 쌓아 올리는 듯했다.

무슨 향일까 생각도 하게 되는 그런…….

그러고 보니 무슨 꽃 향이지?

모르겠다. 아우라의 꽃에서 나는 향이라서 그런 건지, 내가 그냥 모르는 꽃의 향인지.

아무렴 어때.

"좋네."

정말 좋았다. 이걸 다른 사람들도 맡을 수 있으면 더 좋을 텐데 그건 아쉽네.

혹시 더 많은 손님이 이곳에 찾아서 많은 아우라를 남기고 가면 나중엔 진짜 향도 나려나?

음…… 그냥 꽃을 한 번 심어 보는 것도 나쁘지 않겠는데?

그게 빠를 수도.

통~!

블루 카멜리아가 남겨 두고 간 꽃잎이 내게도 날아왔다.

그리고 사르르 흡수가 됐다.

'어?'

오늘은 따로 재능흡수가 없을 거라고 생각했는데…….

〉이미소의 감화
〉심예린의 운동
〉한소정의 연기

무려 세 가지가 생겼다.

이거…… 아무래도 진짜 블루 카멜리아의 팬이 될지도.

지워지지 않는 미소를 띠며 오솔길을 올랐다.

가벼운 발걸음으로 올라가 공터에 들어가니 더욱 진해진 꽃 향이 퍼졌다.

그리고 카페로 향하자 더 놀라운 사실이 기다리고 있었다.

* * *

"흥흥!"

수아가 콧바람을 양쪽으로 번갈아 가며 뀌었다.

그러고도 모자라 팔도 야무지게 팔짱을 낀 폼이 쉽게 기분이 풀리지 않을 거라는 걸 얘기했다.

'음.'

하지만 안타깝게도 그 모습이 귀여워서 오히려 더 기분을 풀어지기 아쉬웠다.

한참 어린 조카가 있으면 이런 느낌이려나?

확실한 건 블루 카멜리아랑은 조금 다른 느낌이다.

친밀도도 그렇고.

"그게 내가 어쩔 수 없는 거였다니까?"

"누가 뭐래요? 치이."

이렇게 수아가 삐진 이유는 다른 게 아니었다. 아이돌이 왔는데 자기는 못 봤다는 이유.

심지어 마을에 다른 어른들도 봤는데 자기만 못 봐서 더 그런 듯했다.

자기도 그걸 알면서 그래도 기분이 안 좋은지 저런 모양이다.

그래도 이제 슬슬 풀어 줘 볼까?

"대신 아저씨가 예쁜 거 보여 줄까?"

"……뭔데요?"

"따라와 봐."

신기한 거라니까 바로 관심을 보인다.

블루 카멜리아라도 숨겨 놨나 싶은 표정인데, 아쉽게도 그건 아니었다.

대신.
"자."
"뭔데요? 아무것도 없…… 우아!"
"어때? 예쁘지?"
"네!"
텃밭의 문을 열자 곧장 눈에 띄는 한 가지.
나도 블루 카멜리아를 마중하고 돌아와서 놀랐던, 바로 활짝 꽃을 피운 쑥쑥이의 모습이었다.

* * *

수아의 불만을 쏙 들어가게 만든 건 바로 쑥쑥이였다.
쑥쑥이의 꽃봉오리가 활짝 핀 것이다.
동시에 살짝 레몬 향과 비슷하면서도 조금 더 부드러운, 새콤한 꽃 향이 텃밭을 채웠다.
새하얀 꽃들이 수 놓여 있는 쑥쑥이의 모습에 처음 봤을 때 얼마나 감동이었는지.
물론 여전히 쑥쑥이의 정체는 모른다.
꽃으로 유추해 볼까 싶었는데…….
'왠지 오래 걸리지 않아서 알려 줄 것 같아.'
쑥쑥이가 그럴 것 같았다.
언제인지 모르겠지만.

[쑥쑥이(???)]

*상태
—성장형
—대기만성형
*효과
—병충해 방지 강화
—축복(3/3)
—정화

어쨌든 꽃이 핀 쑥쑥이의 상태도 조금 변했다. 축복의 횟수와 함께 효과가 하나 더 생겼다.
'정화라…….'
뭘 정화한다는 건지는 정확히 모르겠다.
칙칙한 아우라를 정화한다는 걸까?
일단 나한테는 써 봐야 아무런 변화도 없었다.
'수아도 마찬가지네.'
텃밭에 따라 나온 수아에게 해 보려고 했는데 이것도 마찬가지.
재능을 쓰면 뭔가 썼다는 느낌이 있는데 이건 전혀 없었다.
조금 지켜봐야 알 것 같았다.
어디에 쓰든 쓰겠지.
"근데 저거 무슨 나무예요? 향기 되게 좋아요!"
"글쎄. 나도 몰라."
"엥? 몰라요? 왜요?"

"알려 주질 않네."
수아가 그게 무슨 소리냐는 표정을 지었다.
그에 슬쩍 웃으면서 피했다.
나도 진짜 모르는데 어쩌겠어.
다행히 수아의 관심은 금방 다른 쪽으로 향했다.
"어! 토끼다!"
바로 텃밭에 내려온 토리 때문이었다.
텃밭에서 연신 코를 씰룩거리는 모습을 보니 얘도 쑥쑥이의 꽃향기에 이끌려서 온 모양이다.
"토리라고, 가끔 텃밭에 놀러 오는 애야."
"이름도 지어 줬어요?"
"어쩌다 보니?"
"근데 토리가 뭐예요. 토끼한테 토리라니."
내 네이밍 센스를 탓하기 전에 본인부터 생각해 보지? 고양이한테 호랑이는 괜찮고?
"아! 랑이랑 안 싸워요?"
"사이좋던데?"
그럴 수가 있냐는 표정으로 나를 봤지만 난들 알까. 쟤들 마음인데.
아무튼 수아는 이제 완전히 삐졌던 걸 푼 것 같다.
"시원하게 매실 에이드 줄까?"
"매실 맛있어요?"
"안 먹어 봤어?"
"네. 대추 같은 거 아니에요?"

이런, 감히 매실과 대추를 같은 선상에 두다니…… 말이 안 될 일이었다.

나 때만 해도 현장에 가면 거의 초록 매실 음료 한 병 정도는 있었…… 크흠.

세대 차이까진 아니지만, 아무튼 이건 그만 떠올리자.

안 그래도 이장님에게 매실청과 매실을 조금 받아 왔다. 원래는 사려고 했는데 이 정도는 그냥 가져가도 된다고 해서 사양하지 않았다.

오늘 이장님은 반나절 만에 애제자가 된 심예린뿐만 아니라 블루 카멜리아 멤버들 덕분에 아주 신나셨으니까.

"네! 블루 카멜리아 얘기도 해 줘요!"

"딱히 할 얘기는 없는데. 여기서 마실래?"

"그래도 돼요?"

"수아는 되지."

"히히! 그럼 여기서 마실래요!"

"잠깐만 기다려."

매실 에이드를 만들면서, 전에 하준이네가 놀러 왔을 때 썼던 테이블과 의자도 꺼냈다.

슬쩍 보니 수아는 쑥쑥이 밑에서 앉아서 토리와 랑이가 텃밭에서 노는 걸 보고 있었다.

아, 아니구나. 폰으로 사진인지 영상인지를 열심히 찍고 있었다.

"아저씨! 이거 SNS에 올려도 돼요?"

준비된 것들을 가지고 나오니 수아가 잽싸게 물었다.

보여 주는 걸 보니 사진이었다.

랑이와 토리에 초점이 맞춰진 거라 텃밭이 배경처럼 쓰여서 올려도 상관없을 듯했다.

"그러든지. 아참, 걔들은 토리를 못 봤네."

"누구요?"

"오늘 왔다 간 애들."

"블루 카멜리아요?"

고개를 끄덕이니 수아가 엣헴 소리를 내며 폰으로 열심히 뭔가를 했다.

자기만 토리를 봤다는 게 저럴 일인가 싶지만. 귀여우니 상관없지.

"아참참! 선아 언니는 소정 언니랑 같이 방송도 했던데요?"

"어. 그러더라?"

"으으! 역시 나만 못 봤어."

"그건 아닐 걸? 한송이 작가님도 못 봤어. 작업 하시는 건지 안 나왔거든."

"앗!"

동지가 생겨서 좋아하는 수아의 모습에 타이밍 좋게 테이블을 세팅했다. 거기에 매실 에이드를 주니 수아가 고개를 갸우뚱한다.

"이거예요?"

"어. 먹어 봐. 맛있을 거야."

"음…… 아저씨가 만든 거니까 먹어 볼게요."

참나. 아주 영광이네.

그나저나 할아버지도 매실은 안 쓴 건가? 아니면 수아가 그냥 모르는 건가?

아마도 후자일 것 같은데, 그럼 내가 만들어 준 것 준에 할아버지와 비교가 안 되는 음료 첫 번째인가?

비교가 안 된다고 하니 살짝 더 긴장이 되는 느낌이다.

물론 내가 손수 담근 매실청이 아니라서 조금 애매하긴 하지만.

'그래도 새로운 재능은 썼지.'

이번엔 받은 재능 중에 감화를 이용했다.

이미소가 준 이 재능은 내가 가진 재능 중에 하나를 음료에 담을 수 있었다.

희생과 비슷하면서도 조금 다른 건 내가 가진 아우라를 소모하지 않는다는 거였다.

대신 효과도 조금 떨어지긴 했다.

그러니까 희생이 하나에 집중하는 거라면, 이건 여럿에 확산하는 느낌이었다.

어떻게 보면 요즘 손님 숫자가 점점 늘어나는 호랑이 쉼터에 딱 맞는 재능이었다.

[매실 에이드]
*효과
―감화―〉운동(24)

효과는 별다른 이유 없이 넣었다.

수아가 춤을 좋아하기도 하고 원체 움직이는 걸 좋아하니.

"으음~ 맛있다!"

"그렇지?"

"과일 같아요!"

눈을 꼭 감고 마시더니 맛있다면서 번쩍 떴다.

오늘은 비교할 대상이 없지만 저 반응을 보니 만족이었다.

"하나 더 마셔도 돼요?"

"안 돼. 배탈 나."

아쉽게도 매실 음료는 적당히 먹는 게 좋았다.

그새 다 마신 수아가 입맛을 다셨지만 더 조르진 않았다. 그 모습이 또 기특해서 피식 웃음이 새어 나왔다.

"왜 웃어요?"

"그냥."

"뭐예요 그게."

내 말에 수아가 볼을 부풀렸다.

그러다가 갑자기 뭔가 생각났는지 이번엔 자기가 킥킥 웃었다.

"왜 웃어?"

"그냥요."

"……그러냐."

그럴 줄 알았다.

녀석의 말에 심드렁하게 답하며 쑥쑥이를 올려다보는데…….

"여기 처음 올 때만 해도 맨날 이러고 있었는데 요즘은 자주 웃네요?"

"응? 어떻게 있었다고?"

"이렇게요."

수아가 갑자기 눈썹을 손가락으로 끌어올리며 인상 더러운 표정을 지으며 흉내 냈다.

아무리 그래도 사람이 저랬다고?

"그 정돈 아니었던 것 같은데."

"진짠데. 기운도 막 가까이 가면 터질 것 같고 그랬는데."

그건 여러모로 그랬을지도.

그러고 보면 손님도, 쑥쑥이도 힐링을 하고 변했지만 나도 마찬가지였다. 이렇게 쉬고 있는데 별생각이 안 드는 것부터가 그랬다.

"아무튼! 갑자기 블루 카멜리아가 여긴 왜 왔대요?"

"전에 왔다가 좋아서 다시 왔대."

"오오! 하긴."

수아가 본격적으로 블루 카멜리아에 대해서 묻기 시작했다. 그리고 그렇게 늦은 오후 시간을 그에 관한 얘기로 보내며 오늘도 하루가 마무리되는가 싶었는데…….

부우우~

반가운 녀석이 왔다.

* * *

돌아온 꿀벌은 이전과 조금 달라졌다.
우선 [여왕벌]이 됐다.
그리고 원래 벌집이 있던 자리에 들어갔다.
사실 전에 내가 막아 뒀었는데 왠지 열어 달라고 하는 것 같아서 열어 줬다.
그리고 안으로 들어가 자리를 잡았다. 그러자 신기하게도 떠난 줄 알았던 다른 꿀벌들이 모여들어서 작은 세력을 형성했다.
'페로몬 같은 건가?'
일반적인 녀석은 아니니 아닐 수도 있었다.
어쨌든 중요한 건 녀석이 여왕벌을 대신해서 새롭게 벌들을 이끌어가기 시작했다는 거였다.
부우우~
덕분에 다시 모여든 일벌들도 텃밭과 공터 주변에서 일을 시작했다.
그리고 여왕벌이 된 꿀벌은 거의 대부분은 벌집에서 생활하다가······.
부우우~
"왔어?"
가끔 이렇게 카페로 날아왔다.
이건 찾아본 건데 보통 이런 경우는 없다고 한다.
여왕벌은 말이 여왕이지, 사실 일벌들보다 더 공장처럼

벌집에서 알을 낳는 존재였다.

그리고 그런 여왕벌이 집을 떠나면 당연히 다른 세력은 와해 되니 집을 옮기는 게 아니면 떠날 일이 없다고 한다.

'근데 얘는 자꾸 놀러 온단 말이지. 다른 벌들은 일하고.'

이게 가능한 일인가 싶지만, 카페에 찾아왔던 원래 여왕벌을 생각하면 그냥 수긍이 됐다.

사람의 모습을 한 그게 더 놀랄 일이지, 이 정도야 뭐.

"자."

아무튼 이렇게 놀러 온 여왕벌은 보통 어깨나 앞치마 주머니에 들어와서는 내가 주는 간식을 받아먹었다.

거참, 이걸 반려 벌이라고 해야 하나? 키우는 건 아닌데 키우는 느낌?

"너도 고생하다 왔는데 좀 쉬어야지."

그래서 오면 항상 단 걸 준비해서 줬다.

이름도 지어 줬다. 봉봉이라고.

역시나 별다른 뜻은 없었다.

그냥 봉봉 날아다녀서 봉봉이다.

쑥쑥이가 쑥쑥 커서 쑥쑥이인 것처럼.

[봉봉(여왕벌)]
*상태
―피곤

—평온
*효과
—생산성 향상

그리고 이름을 지어 주자 이렇게 텍스트창도 생겼다.
쑥쑥이, 토리, 꾸꾸, 브라우니와 비슷한 상황이었다.
그렇다고 아무거나 다 이름을 붙인다고 되는 건 아니었다.
뭔가 조건이 있는 듯했다.
그게 뭔지는 아직 정확하게 모르지만, 왠지 나중에 또 이름을 지어 줄 존재가 나타나면 자연스럽게 알게 될 것 같긴 했다.
그리고 재미있는 건 또 있었다.
꾸르~?
브라우니가 봉봉이에게 관심을 보인 것도 재미있는데…….
부우우~
봉봉이는 마치 브라우니의 존재를 아는 듯 곁에 오면 반응을 보였다.
살짝 경계하는 느낌?
그럴 때마다 브라우니는 조금 시무룩하긴 했으나, 다행히 그건 잠시였다. 계속 주변을 어슬렁거리며 관심을 표했다.
그러면 봉봉이도 몇 번 더 경계하다가 그냥 무시하거나 아예 자리를 떴다.

몇 번은 신기해서 그냥 봤는데…….

"봉봉이도 좀 쉬게 두자."

꾸르~

이젠 서로 적당한 거리가 있으면 좋을 것 같아서 그냥 내가 중재했다.

그럼 브라우니도 별말 안 하고 멀찌감치 떨어졌다.

'둘 다 여기 찾아오게 된 과정이 비슷해서 그런가?'

어떻게 서로를 인지하는지는 정확히 모르겠지만, 일단 그렇게 추정이 됐다.

아무튼 정말 재미있는 녀석들이 아닐 수 없었다.

부우우~

"더 달라고? 알았어. 무슨 벌이 매실청을 좋아해?"

가만히 있으니 봉봉이가 더 달라고 신호를 줬다.

매실청을 작은 티스푼에 떠서 입 쪽에 대어 주니 쪽쪽 잘도 먹는다.

얘는 꿀벌일 때도 귀엽더니 여왕벌이 돼서도 귀엽다. 오히려 뭔가 더 토실토실해진 느낌?

곤충을 좋아하는 편은 아닌데 얘는 좀 달랐다.

노란색 검은색의 줄무늬도 그렇고, 엉덩이가 씰룩이는 것도 그렇고.

사람 모습을 하고 찾아왔던 여왕벌이 떠올라서 그런가? 그 모습이 조금 보이는 것 같기도 했다.

음, 굳이 따지자면 그때 그 여왕벌의 성숙한 모습이 아니라 어린아이 버전이라고 해야 하나.

"나 참. 별생각을 다 하네."
얘들이랑 있어서 그런가.
매실청을 배부르게 먹은 봉봉이가 주머니 속으로 쏙 들어가는 모습에 생각을 접었다.
키우는 맛이 있는 녀석이다.
"뭐? 왜?"
랑이가 이런 모습을 카운터에서 물끄러미 쳐다보다가 고개를 휙 돌렸다.
쟤는 왜 저래? 요즘 좀 관심을 덜 줘서 그런가.
지잉! 징!
"응?"
알 수 없는 랑이의 마음에 고개를 갸우뚱하던 그때 문자가 왔다.
익숙한 이름이 떠서 보니…….

〉형님, 오늘 저녁에 잠깐 시간 돼요?

수호 녀석이었다.
이 녀석이 따로 이렇게 웬일이지?
일단 카페에서 보는 거면 늦어도 시간이 된다고 했다.
어차피 집까지는 코 닿을 거리니까 수호가 올 때까지 카페에 있어도 상관은 없으니까.
그러자 수호가 바로 답을 줬다.

〉그럼 연습 마치는 대로 바로 갈게요!

그때 카페에 왔을 때 보고 다시 보는 거였다.
경기에 져서 조금 아우라가 안 좋았지만 돌아갈 땐 좋아져서 돌아갔는데…… 또 경기에 졌나?
오늘은 경기가 없다고 했으니 그건 아닌 것 같고……
나참, 내가 다른 사람 스케줄까지 알고, 또 그걸로 추리를 하고 있다니.
"뭐, 와서 말해 주겠지."
올 때까지 굳이 그걸 추리하고 있을 필요는 없을 듯했다. 카페에는 할 일이 많았으니까.
우선 매실청을 담가야 했다.
지난번에 이장님에게 매실청과 매실을 받았는데, 그 양이 마음에 들지 않았던 모양인지…….
"또 박스째로 주셨단 말이지."
그것도 두 박스나 주셨다.
이건 어쩔 수 없이 청을 담가야 했다.
담금 할 유리병도 사 왔다.
과정 중에 어려운 건 없지만 손이 많이 가는 게 하나 있다면 역시 세척이다.
두 박스나 되는 매실을 씻어야 한다니…… 예전이었으면 하루 종일은 걸릴 일이었다.
하지만.
"운동 재능이…… 괜찮은데?"

블루 카멜리아의 심예린이 주고 간 운동 재능은 딱히 쇠질하는 것만이 아니라, 몸을 쓰는 능력에 전반적으로 영향을 주는 것 같았다.

손재주도, 체력도, 근력 등등에 도움이 되는 듯했다.

심지어 일종의 PT 트레이너 같은 역할도 했다.

무거운 매실 두 박스를 들고 옮기면서 확실히 느꼈다. 상체가 아닌 하체에 힘이 들어가는 감각을 말이다.

마치 이렇게 힘을 줘야 한다고 말을 해 주는 것 같았다.

이건 좀 신기한 재능이었다.

이대로 운동하면 정말 잘할 수 있을 것만 같았다.

최적의 자세를 만들어 줄 것 같으니. 물론 그렇게 운동할 일이 있을까 싶지만.

일단 매실을 세척 하는 데 도움이 됐다.

손재주에도 영향을 준 건지 손을 쓰는데 좀 더 수월한 느낌이 있었다.

목생의 재능들의 등급을 성장시키진 못했지만, 전반적으로 두루두루 좋은 영향을 끼치는 것 같다.

'근데 이런 재능이면 아이돌보다 운동선수를 해야 했던 거 아닌가?'

재능이 있다고 다 그쪽 일을 해야 하는 건 아니었지만, 그래도 그냥 문득 든 생각이었다.

다시 일에 집중.

일단 물에 20분 정도 담가 뒀다. 겉에 있는 이물질도

불릴 겸 가볍게 세척도 할 겸.

그러고 나서는 이제 매실을 문질러서 잔털을 제거해야 했다.

매실은 겉에 난 잔털을 제거하는 게 중요했다.

일일이 손이 가는 작업이라 양이 많으면 당연히 힘들다.

왜앵~

"……그래. 혼자라도 잘 놀면 좋지."

랑이가 매실 하나를 공처럼 앞발로 툭툭 차며 놀았다. 가끔 급발진하듯 와다다! 뛰어가며 드리블을 할 때도 있었다.

카페 안으로 휘젓는 신나게 노는 모습을 보고 있으니 일이 좀 더 쉬웠다.

물론 자세히 보진 않았지만 소리로도 느껴졌다.

이래서 주방 일을 하면서 TV나 라디오 같은 걸 틀어 놓는 건가?

눈으로는 보지 않지만 소리로 보는 거나 다름없으니 심심하지 않았다.

왜앵~

"던져 줘?"

랑이가 열심히 가지고 놀던 매실을 물고 왔다.

슬쩍 홀 쪽으로 던져 주니 또 와다다 뛰어간다.

참 재미있는 녀석이야.

평소에는 게을러서 뒹굴뒹굴거리는 게 일상인 녀석인

데, 불이 붙으면 또 저렇게 논다.

예전에 감자가 왔을 때도 그렇고, 토리랑 놀 때도.

'색다른 놀이를 해 주든가, 색다른 놀이 친구가 있어야 되나?'

사실 그건 사람도 마찬가지였다.

나도 이렇게 새로운 일을 찾아서 하고 있는 것처럼.

그렇게 지루할 틈 없이 틈틈이 랑이랑 놀아 주며 매실 세척을 끝냈다.

물에 젖은 건 잘 펴서 말렸다.

지붕 위에서 말리면 잘 마르겠지만, 들고 올라가기엔 무거우니 그냥 공터에서 말렸다.

"안 돼. 이거 가지고 놀아."

물론 공터에는 매실을 노리는 맹수와의 숨 막히는 공방전이 있었지만.

아무튼 무사히 지켜 냈다.

잠깐 멍 때리고 나니, 잘 말라 있어서 바로 청을 담그기로 했다.

설탕과 매실을 1:1로 소독된 유리병에 차곡차곡 잘 쌓으면 되는 거니 사실상 끝난 거나 다름없었다.

"이것도 오래 숙성하면 맛있겠지?"

이장님이 준 매실청도 1년은 숙성된 거였다. 물론 마냥 오래 묵힌다고 좋은 건 아니겠지만.

유리병을 잘 밀봉해서 토리네 굴이 있는 곳으로 향했다.

그러자 쫄랑쫄랑 랑이가 따라왔다.
오늘따라 묘하게 옆에 붙어 있네.
설마 봉봉이 때문인가?
"설마."
토리네 굴에 도착.
삐?
"부탁할게."
 또 유리병을 들고 오니 토리가 삐딱하게 서서 뒷발을 팡팡 찼다.
 누가 자기 집에 자꾸 짐을 가져오면 당연히 싫겠지. 하지만 그렇다고 내가 토리의 굴을 확장 시켜 줄 수도 없고 참.
 '잠깐. 할 수 없는 거 맞나?'
 호랑이 쉼터에서 이게 되네? 라는 순간들을 많이 겪었다. 그런 차원에서 토리의 굴을 넓히는 것도 아예 불가능하다고는 말할 수 없을지도…….
 물론 당장 방법이 있다는 건 아니지만, 이건 한 번 고민을 해 봐야 할 것 같았다.
 "나중에 내가 더 좋은 굴 만들어 줄게."
 삐?
 "진짜. 아니면 이 집을 리모델링 해 줄 수도 있고. 내 전공이 원래 그런 거거든?"
 한소정에게 얻은 재능으로 연기까지 했다.
 아직 확실하지 않은 거라서 이게 필요했다. 뻔뻔한 가

면이 말이다.
 그리고 이게 먹혔는지…….
 삐!
 "오케이. 그럼 합의 한 거다?"
 토리의 자세가 다시 귀여운 토끼로 돌아갔다.
 단순한 녀석.
 그렇게 토리의 굴에 매실청을 숙성시켜 두고 카페로 돌아왔다.
 그리고 때마침 오솔길에서 올라오는 백수호의 모습이 보인다.
 '응? 상태가…… 왜 저런 거지?'
 얼핏 멀리서 봐도 수호의 상태가 별로였다.
 아우라는 침울하고 칙칙했다.
 걸어오는 발걸음과 어깨도 무겁고.
 아무래도, 가볍게 생각했던 마음을 조금 바꿔야 할 것 같았다.
 딸랑~ 딸랑~
 처음 보는 상태의 수호가 문을 열고 들어왔다.

 [백수호]
 *상태
 ─입스
 ─불안, 초조, 압박감

곧장 개안으로 텍스트창을 살폈다.

이런…… 예상보다 더 상태가 안 좋은 것 같은데?

그냥 단순한 문제가 아니라 조금 복합적인 상태인 것 같다.

"어서 와. 생각보다 일찍 왔네?"

"아. 예. 감독님이 일찍 가도 된다고 해서요."

저녁쯤 올 거라고 했던 수호였는데 이제 오후 시작이었다.

하긴 상태를 보니 계속 연습한다고 해서 될 문제는 아니었을지도.

보아하니 자기 상태를 알고 있는 듯했다. 당연히 주변에서도 알고 있고.

그래서 그냥 일찍 보내 준 모양이다. 저런 상태면 제대로 연습도 안 될 것 같으니.

'입스라…….'

나도 들어만 봤다.

일종의 슬럼프와 비슷하면서도 다르다고 들었다.

정확한 차이까진 모르겠지만, 내겐 텍스트창이 있으니.

불안, 초조, 압박감이라…… 알 것 같기도 하면서 아직 확실한 건 모르겠다.

그럼 일단…….

"편하게 앉아. 평일 이 시간에 오는 건 처음이네? 그것도 수아 없이."

"그러네요. 낮에는 더 좋네요."

수호가 어색한 듯 가볍게 미소를 지어 보였다.

보통 수호는 연습, 혹은 시합 때문에 늦게 왔다. 오더라도 평일에는 수아를 데려가는 정도.

그러다 보니 조금 낯설긴 했다.

무엇보다 본인이 제일 낯선 것 같지만.

"낮에 이렇게 개인 시간 가진 적은 없어?"

"음, 고등학교 들어간 뒤로는 없는 것 같네요."

"고생이네."

"뭘요. 야구 안 하는 다른 애들도 학원 간다고 맨날 늦잖아요."

"그렇긴 하지."

다들 바쁘게 사는 세상이었다. 애도 어른도.

그래서 이곳이 더 소중한 곳이기도 했다. 그런 세상에서 잠시 쉬었다 가는 곳이니까.

"마실 것 좀 줄까? 마시고 싶은 거 있으면 얘기해 줘."

"잠깐 보고 얘기해 드려도 될까요?"

"그럼. 당연하지."

평소에 호랑이 쉼터를 찾는 수호가 그냥 동네 동생이 놀러 오는 거라면, 오늘은 손님이다.

당연히 주문도 편하게 할 수 있다.

무의식적으로라도 재촉하지 않게 나도 편하게 앉았다.

그리고 조율을 사용했다. 일단은 마음이 편안하게.

입스는 아니지만, 슬럼프를 겪던 사람을 이곳에서 한

번 봤다.

바로 한송이 작가.

지금은 완전히 회복해서 작업은 물론 여기로 이사까지 오지 않았던가.

조금 다른 문제지만 그래도 천천히 접근해 보기로 했다. 그때보다 가지고 있는 재능도 더 많으니까.

음…… 그러고 보니 차라리 한송이 작가를 불러 볼까?

다른 분야이긴 하지만 그래도 나보다는 그쪽이 도움이 될지도…….

물론 한송이 작가는 지금 작업 중이라 올 수 있을진 모르겠다만.

문자도 안 볼지도?

그래도 혹시 모르니 한 번 메시지를 남겼다.

그러자.

띠링!

'응?'

의외로 바로 연락이 왔다.

마침 커피가 당겼다며 오겠단다.

　　　　　　　＊　＊　＊

카운터에 앉은 수호는 한참 말이 없었다.

그도 그럴 것이 그때 딱 생각난 게 호랑이 쉼터의 사장, 천유진이라서 연락을 한 건데…….

막상 오니 할 말이 없었다.

요즘 이상하게 안 풀리는 경기에 대한 답답함.

연락을 한 건 그것 때문이었다.

그런데 그걸 카페 사장님에게 말한다고 해결책이 있을까? 차라리 코치님이나 감독님, 혹은 선배들을 찾는 게 나을 텐데.

물론, 이미 그쪽과 먼저 상담을 해 본 이후긴 했다.

답이 없어서 그렇지.

지금 자신이 겪고 있는 건 다른 게 아니라 입스. 야구 하는 선수들에게 생기는 일종의 결정장애 같은 증상이었다.

그리고 그에 대한 답은 아직 아무도 몰랐다.

심리적인 요인이 될 수도 있고 육체적인 요인일 수도 있지만 둘 다 결국 정확한 원인은 없다는 말이었다.

그러니 천유진이라고 답이 있을까?

하지만…….

'답이 있을 거라고 생각했다는 게 신기하네.'

사실 지금도 살짝 그런 마음이 없진 않았다.

자신이 찾아와 놓고 말을 하지 않은 걸 보고도 천유진은 그저 평온한 표정을 짓고 있었다.

처음 봤을 때와 달라진, 묘하게 다가가기 어렵지만 또 막상 다가가면 다 받아 줄 것 같은 분위기.

그래서인가?

눈을 마주치면 말을 하지 않았음에도 자신의 상태를 이

미 꿰뚫어 보고 있는 것 같기도 했다.

'진짜 알고 있나?'

자기도 자신의 상태를 정확하게 모르는데 설마 그럴 리가.

하지만…… 왠지 기대를 하게 된다. 아니, 기대하고 싶다.

자신도 모르는 자신의 상태를 알려 주길.

그래서 바로 천유진에게 연락을 했던 걸지도.

'일단 주문부터 하자.'

어떻게 물어봐야 할지도 몰라서 당장 말도 못 하니 일단은 메뉴부터 고르기로 했다.

그런데 그때!

딸랑~ 딸랑~

문이 열리는 소리에 고개를 돌려보니 새로운 손님이 왔다.

마을에 이사 왔다는 웹툰 작가 누나, 한송이었다.

오늘도 금발 머리를 대충 말아 올린 수수한 모습. 하지만 얼굴이 워낙 예뻐서 그것도 잘 어울렸다.

"어서 오세요."

"네~ 어? 수아 오빠도 있었네요? 이 시간에는 잘 없지 않아요?"

"그러게요. 가끔 이럴 때도 있어야죠."

"하긴. 안녕? 지난번에 말 놓기로 했는데 괜찮아?"

천유진과 자연스럽게 대화를 나누며 들어온 한송이는 백수호에게도 인사를 했다.

백수호가 고개를 끄덕이며 인사하고 옆에 자리를 비워

주자, 옆에 자리를 잡았다.
"아직 주문은 안 했어?"
"아, 네. 아직 고르고 있어서요……."
"아하~그럼 나 먼저 주문해도 될까?"
상관없었다.
오히려 백수호는 편했다. 아직 못 골랐으니까.
생각해 보니 한숨이 나온다.
이것도 못 고르다니…… 야구 할 때도 지금 이런 상황이라 또다시 답답함이 차올랐다.
"사장님. 저 그거 안 마셔 봤어요."
"어떤 거요?"
"전에 아이돌들 왔을 때 저만 못 마신 거요."
"아, 매실 에이드요? 커피 말고 그걸로 드릴까요?"
"네!"
한송이는 주저하는 것 없이 바로 주문했다.
왠지 부럽다. 이런 게 다 부러워질 줄이야.
휙!
주문을 마친 한송이가 천유진이 주방으로 가는 걸 본 뒤 갑자기 고개를 돌렸다.
"수호라고 했었나? 야구 한다고 하지 않았어요?"
"아, 네."
"혹시 그럼……."
한송이가 가까이 다가와서 속삭이듯 말했다.

4장

 카운터 쪽 자리에서 속닥거리는 소리가 들렸다.
 무슨 얘기를 나누는 건지 궁금하네. 한송이가 백수호에게 조언이라도 해 주려나?
 '딱히 그런 성격은 아닌 것 같은데.'
 물론 오라고 말하기 전에 메시지로 한송이에게 백수호 상태를 간략하게 말해 줬다. 큰 기대까지는 아니더라도 혹시나 도움이 될 수 있을까 싶어서.
 "아~ 그거요? 그건."
 수호의 목소리를 들으니 왠지 의외로 한송이가 잘해 주고 있는 걸지도?
 이거 그냥 매실 에이드만 줄 수 없겠는데?
 근데 수호한테는 뭘 줘야 할까.

'지난번에 한송이 씨는 세트 메뉴였던가?'

한창 안 좋았을 때 찾아온 한송이는 분명 세트 메뉴의 효과에 좋아졌다.

이번에도 그렇게 한번 해 보는 것도 나쁘지 않을 것 같은데.

'안 그래도 입스인데 스스로 선택할 수 있는 게 좋겠지.'

한송이와 상태가 완전 비슷한 건 아니라 추천 메뉴로 권하기는 좀 그랬다.

작은 거라도 스스로 선택하는 게 그런 상태에는 도움이 될 테니까.

자연스럽게 유도하는 정도로만 하면 좋을 것 같은데.

그게 일단 메뉴를 정해야 할 수 있으니 도돌이표 같은 상황이었다.

메뉴를……

'아, 혹시 감각을 쓰면 어떻게 되는 거지?'

블루 카멜리아의 재능을 개화시켜 주는 계기를 제공했던 감각 재능.

아마 단순히 그것만 되는 건 아닐 거다. 빅데이터를 이용한 재능이니까.

그러니 이럴 때도 쓸 수 있지 않을까?

바로 한 번 감각을 사용해 수호를 살폈다.

반짝반짝 아우라가 빛을 냈다. 재능의 꽃은 여전히 활짝 쳐진 상태였다.

그런데 왜 갑자기 입스가 걸린 건지…… 좀 더 자세히 살펴봤다.

꽃은 어딘가 경직된 느낌이 있었다.

웃긴 말이었다. 원래 움직이지 않는 꽃이 경직됐다니.

하지만 저건 진짜 꽃이 아니라 아우라가 만들어 낸 꽃이었다.

그리고 정확하게 표현하자면 경직보단, 생기가 굳었다는 느낌이 맞을 듯했다.

뭐, 그거나 저거나 비슷한 것 같지만 아무튼. 그것보다 중요한 것은 왜 저러느냐는 거겠지.

'너무 일찍 재능이 펼쳐졌나?'

그럴 수도 있었다.

일찍부터 뛰어난 재능에는 과한 기대가 따르니까.

그걸 인식하는 순간 몸을 굳게 만들었을 수도, 압박감을 줬을 수도 있었다.

그렇다면 역시 심신 안정에 도움이 되는 게 좋으려나?

수호의 상태는 봤으니 주방으로 시선을 돌렸다.

그리고 떠올렸다. 수호의 상태에 도움이 될 만한 게 있는지.

'응?'

그러자 반짝거리는 찬장 속 재료는 바로…… 밀크티에 쓰는 홍차였다.

이게 여기 있었는지도 몰랐는데.

확실히 티 종류가 마음에 안정을 주긴 하니까 이해는

됐다.

그렇다면 당연히, 냉장고를 열어 보니 우유에도 반짝이는 아우라가 보였다.

역시 감각이 추천하는 음료는 밀크티였다. 감각의 새로운 활용법도 찾고, 추천 메뉴도 찾고.

"음."

이제 이걸 어떻게 자연스럽게 유도하느냐만 남았는데…… 연기가 좀 필요할 것 같다.

그리고 밀크티와 함께 내어 줄 세트 메뉴도.

이건, 밀크티를 보자마자 하나 생각나는 게 있으니…….

슬쩍 카운터 쪽을 보고 스토리를 떠올렸다. 그리고 목과 표정을 가다듬으며 고개를 내밀었다.

"아참. 송이 씨, 밥은 드셨어요?"

"네? 아! 벌써 점심시간 지났나요?"

"시간도 모르셨어요?"

"제가 좀 밤낮없이 살 때가 많아서……."

아예 시간 개념이 다른 한송이가 멋쩍은 표정으로 답했다. 잔소리할 생각은 없었는데 설마 잔소리처럼 들렸나?

"그럼 간식이라도 좀 드릴까요? 식사까진 아니어도."

"간식이요? 좋죠! 안 그래도 배가 그렇게 고프진 않거든요."

"그럼 간단한 걸로 드릴게요."

"우와. 저 진짜 여기 내려오길 잘한 것 같아요!"

뭘 이 정도를 가지고…….

안 그래도 그럴 줄 알고 물은 거였다.

보통 밤새워서 일하면 배가 고플 거라고 생각하지만, 의외로 그렇지 않은 경우가 많으니까.

그리고, 겸사겸사 수호도 챙겨 줄 겸.

"수호 너도 좀 같이 먹을래? 1인분 만드는 것보다 만들 때 조금 더 만드는 게 쉬운데."

"예. 그럼 저도 먹을게요."

아까였으면 그래도 고민했을 텐데 이젠 바로 먹겠단다.

다행이다. 그럼 이제.

"아참! 간식은 튀긴 식빵에 생크림을 넣은 겁니다."

"아하~! 듣기만 했는데도 맛있을 것 같아요."

"맛이 없을 수 없는 조합이죠."

"그러네요. 좋은 소재예요."

"예?"

"네? 아, 아무것도 아니에요."

방금 한송이가 소재라고 말한 걸 들은 것 같은데 발뺌을 한다.

이거, 이선아는 컨텐츠 귀신이고 한송이는 소재 발굴인가?

뭐, 여기서 영감을 받는 거야 환영이었다.

한송이와 자연스럽게 대화하다가 슬쩍 수호를 봤다.

보아하니 음료를 고른 것 같다.

"형님, 그럼 전 라테를 먹을게요."

"라테? 음, 괜찮겠네."
내가 말한 간식과 라테면 나쁜 조합은 아니었다.
자연스럽게 밀크티로도 유도할 수 있고 말이지.
"그럼 그냥 라테 말고 홍차 라테는 어때?"
"홍차요?"
"그냥 밀크티야. 간식하고 잘 어울릴 것 같은데?"
"아! 좋습니다."
수호가 시원시원하게 고개를 끄덕였다.
그러자 옆에 있던 한송이도 손을 번쩍 들었다.
"저도 그럼 홍차 라테로 바꿔도 되나요?"
"그럼요. 매실은 나중에 작업할 때 드시게 포장해 드릴게요."
"우아! 역시 단골이 좋네요."
피식.
한송이의 반응에 나도 모르게 웃었다. 덕분에 자연스럽게 메뉴가 정해졌다.
역시 연락하길 잘했다.
근데 아까 둘이서 뭐라고 속삭인 거지?
"아, 사장님. 저희 잠깐 밖에 나가도 될까요?"
"공터요?"
"네!"
"그럼요. 들어오실 때 맞춰서 드릴게요."
둘이 밖에 나가서 뭘 하기로 한 건가? 나야 상관없었다.

둘이서 밖으로 나가는 걸 보고 나도 주방으로 들어왔다.

메뉴는 홍차 라테에 튀긴 생크림 식빵.

우선 홍차부터 꺼냈다.

'향이 좋은데?'

아우라가 반짝거려서 꺼낸 건데 생각보다 더 좋은 것 같았다.

할아버지가 아주 좋은 걸 사다 둔 모양.

레시피북을 한 번 떠올려 봤다. 앞서선 홍차 라테라고 했지만 사실 밀크티 레시피였다.

라테를 말해서 에둘러 말한 거지.

"일단 홍차부터 우리고……."

마침 옆에 티백도 있어서 홍차의 찻잎을 티백에 넣었다.

차를 우리고 나서 번거롭게 찻잎을 또 제거하는 일을 막기 위해서다. 나중에 완성했을 때 깨끗하기도 하고.

그렇게 찻잎을 채운 티백을 차가운 물에 넣고 서서히 끓이기 시작했다.

끓이는 시간은 딱히 정해지지 않았지만 끓기 시작하고 10분 정도면 되었다. 너무 오래 우리면 떫고 쓴맛이 날 수 있었다.

적당히 그렇지만 충분히 우린 다음에는 티백을 꺼낸다.

티백은 그대로 버리는 게 아니라 한 방울까지 아낌없이

꾹꾹 짰다. 찻잎에 스며든 물이 진짜 엑기스라고 할 수 있으니.
"손이 많이 간단 말이지."
힘들진 않았다.
오히려 단순하다면 단순했다.
우리고 짜고 또 그렇게 모은 찻물을 조려서 완전히 엑기스로 만드는 일이었다.
확실히 과정도 많고 손이 많이 갔다. 무엇보다 과정 사이에 기다림이 필요했다.
하지만 이렇게 해야 제대로 우러난 차를 만날 수 있기에 기꺼이 했다.
한 방울까지 찻물은 처음 넣은 물의 3분의 1 정도까지 조렸다.
찻물의 색이 점점 진해지고 향도 깊어진다.
막연하게 좋다고 생각했던 향에서 청포도의 상큼하고 단 향이 느껴졌다.
'이런 향이었구나.'
새콤한 오렌지 향도 조금 난다. 아마 맛을 보면 더 진하게 느껴질 터.
이거, 나도 살짝 기대가 됐다.
찻물은 이 정도면 됐고…… 슬쩍 밖을 봤다.
찻물에 우유를 넣고 데울 타이밍을 볼 겸, 둘이 뭘 하고 있는지도 살펴보려는데…….
"캐치볼?"

공터에 멀찌감치 떨어져서 자리를 잡은 두 사람이 하고 있는 건 캐치볼이었다.

갑자기 웬 캐치볼이지? 상황을 보니 한송이가 하자고 한 것 같은데…….

'근데 진짜 못 던지네.'

한송이에게 스토리텔링과 그림 재능을 주고 운동 신경을 뺏어 간 걸까?

한송이가 던지는 볼은 수호에 근처로도 가지 않았다.

저 정도면 오히려 저게 재능일 수도…….

본인마저 속일 수 있는 재능 말이다.

다행히 수호는 그걸 짜증 내지 않고 다 받아 주고 있었다.

되레 자세까지 잡아 주려고 했다.

"잡아 줘도 안 될 것 같은데."

한송이를 프로 데뷔시킬 것도 아니고. 하지만 수호의 표정을 보니 굳이 이런 말은 하지 않아도 될 것 같았다.

단순한 방법이지만 확실히 괜찮은 방법이었다. 누군가를 가르치는 건 생각보다 더 생각을 많이 하고, 또 자신이 가진 걸 되돌아보는 일이니까.

또 한송이가 워낙 못해서 오히려 수호도 부담 없이 가르쳐 주고 있었다.

이게 중요한 포인트인 듯했다.

부담 없이. 순수하게 그냥 알려 주는 거다.

자신도 모르게 그렇게 경직된 몸과 정신이 풀리고 있었다.

게다가 예쁜 누나와 같이 캐치볼 하는 것도 고등학생인 수호에겐 꽤 즐거운 일 아닐까?

'뭐, 좋긴 한데 오래는 못하겠네.'

안타깝게도 한송이가 공 몇 번 던지고 헥헥거리는 게 보였다.

체력이 약한 게 분명했다.

애초에 근육 하나 없어 보이는 몸이었다. 차를 우리는 동안에도 던졌을 테니 이제 슬슬 들어오겠네.

밀크티를 마저 만들어야겠다.

차를 우린 물에 우유를 부어 끓였다.

보글보글.

향긋한 차향에 고소한 우유가 더해져 부드러워진 향이 올라왔다.

우유는 끓이다 보면 거품이 일어서 넘치기 때문에 주의 깊게 봐야 했다.

'참, 손 많이 가.'

우유 거품이 냄비를 튀쳐나오려고 할 때 불을 껐다.

'이건 됐고. 이제……'

디저트 차례였다.

식빵은 아침에 늘 만들어 놓고 있었다.

손님에게 줄 때도 있고, 아니면 그냥 간단하게 내가 먹을 때도 있으니까. 남으면 보관해 두기도 편했다.

오늘은 마침 아침에 해 둔 게 있어서 그걸 바로 쓰기로 했다.

팬에 버터를 가득 넣었다.

버터가 녹으면 두툼한 식빵을 앞뒤로 노릇노릇 구우면 되는데, 여기서 중요한 건 튀기듯 해야 된다는 거였다.

그래야 바삭하게 나오니까.

요컨대 고소한 풍미가 스며든 바삭한 식빵을 만들어야 했다.

"음~ 벌써 맛있는 냄새가 나요!"

"벌써 들어오셨습니까?"

"헤헤…… 오랜만에 몸을 썼더니."

"응? 근데 수호는?"

카운터에서 한송이의 말이 들리길래 고개를 내밀어 보니 멋쩍은 표정의 한송이만 있었다.

수호는 같이 안 들어온 건가?

슬쩍 공터를 보니 혼자 서서 뭔가 생각하고 있는 듯했다.

"잠깐 생각할 시간이 필요한 것 같아서 그러라고 했어요."

"아."

한송이의 말에 고개를 끄덕였다.

가끔은 저런 시간도 좋지.

물론 자존감이 바닥까지 떨어지는 시간이 아니라 자신을 객관적으로 바라보는 시간을 말하는 거였다.

"배고프시겠네요. 먼저 드릴까요?"

"아니요. 어차피 금방 들어올 것 같아요."

한송이의 말이 끝나기 무섭게 수호가 들어오고 있었다. 깊은 고민까진 하지 않았던 모양이다.
이크!
그럼 얼른 마무리해야겠다.
버터에 튀긴 식빵은 가운데에 칼집을 넣어 공간을 만들었다. 그리고 그 안을 생크림으로 듬뿍듬뿍 채웠다.
간단하고 단순하지만 그래서 직관적으로 맛있는 맛.
여기에 만들어 둔 밀크티를 얼음을 담은 컵에 따르고, 설탕 대신 숙성 벌꿀을 쭈—욱! 넣으면…… 완성.

[밀크티와 튀긴 크림 식빵]
*효과
—감화—〉운동
*세트 효과
—안정
—몰입

금생의 재능인 감화를 사용해 운동 재능을 넣고, 안정은 기본 세트 효과 목생의 재능으로 불어넣은 거다.
확실히 제대로 된 만생공을 알고 난 뒤 이렇게 쓸 수 있는 방법이 생겨서 활용도도 좋아졌다.
손님에 따라 맞춤으로 만들어 낼 수 있을 정도로.
"주문하신 밀크티, 아니 홍차 라테와 튀긴 크림 식빵 나왔습니다."

이제 한송이가 만들어 준 상태에 효과를 더해 줄 차례가 왔다.

밀크티에 튀긴 크림 식빵.

우선은 몸을 썼으니 둘 다 시원하게 밀크티부터 마셨다.

"으음~! 와! 이거 제가 먹어 본 것 중에 제일 맛있는 것 같아요! 어쩜 이렇게 밸런스가 좋죠?"

"그런가요?"

"네! 오렌지 향 같은 향긋하면서도 새콤함이 있고, 뒤에는 청포도 향도 나네요. 꼭 차를 우린 게 아니라 과일을 우린 것 같은데요? 그리고 마지막에 달달한 이건 꿀이겠죠?"

한송이가 밀크티를 마시고 맛을 표현하는데 꽤 정확했다.

이건 또 의외의 재능이다. 수아만 그런 줄 알았는데.

"잘 아시네요?"

"홍차가 원래 카페인이 많아서 작업할 때 많이 마시거든요. 커피는 가끔 속이 쓰려서……."

"아."

조금은 슬픈 사연이 있었구나.

물론 이것도 카페인은 많이 들었을 거다. 우린 다음에 티백까지 꾹꾹 짜서 한 방울까지 넣었으니…….

"이거라면 계속 마실 수 있겠는데요?"

"안 됩니다. 이것도 적당히 드셔야죠."

내 말에 한송이가 힝! 하는 표정으로 밀크티를 한 모금 더 마셨다. 그러고는 이번엔 튀긴 식빵으로 손을 뻗었다.

안에 넣은 생크림 때문에 빵빵하게 부푼 튀긴 식빵은 맛이 없을 수 없게 생겼다.

더 첨가하려면 할 수 있지만, 기본에 충실해지자.

딱 그런 마음으로 만들어진 디저트였다.

한송이를 따라 밀크티를 마신 수호도 자연스럽게 손을 따라갔다.

그리고 한 입.

바삭!

"으으음~!"

"음!"

두 사람에게서 동시에 같은 반응이 나왔다.

참, 별 게 아니라면 아닌 건데 가끔은 이런 건강에 나쁠 것 같은 게 당길 때가 있었다.

바삭하고 고소한 튀긴 식빵에 부드러우면서 달콤한 생크림에 두 사람은 급히 밀크티를 찾았다.

저게 또 조합이 끝내주지.

그냥 우유도 좋은데 밀크티라면 더 좋다.

두 사람 다 이젠 말도 없이 먹기 시작했다.

특히 수호는 고민을 가지고 있던 처음의 어두운 표정은 어디 갔는지.

"더 줄까?"

"네!"

수호한테 물었는데 답은 한송이에게서 나왔다. 오랜만에 몸을 써서 입이 터진 모양이다.

수호도 뒤늦게 고개를 끄덕여서 리필 아닌 리필을 해줬다. 넉넉하게 만들었으니 괜찮았다.

물론 나중에 수아가 오면 줄 건 남겨 뒀다. 또 자기만 뺐다고 삐질라.

리필을 한 것까지 싹 다 마시고 먹은 두 사람은 배가 부른 건지, 아니면 생각에 잠긴 건지 둘 다 말이 없어졌다.

수호는 상태가 더 안 좋아진 게 아닌가 싶은 모습이었지만…… 아니었다.

'몰입 중이구나.'

물론 내가 쓰는 몰입과는 다를 거다.

그건 아우라와 만생공의 능력으로 쓰는 거니까.

아마 굳이 비교하자면 스스로 하는 관조와 비슷한 느낌이려나? 메소드 연기를 하는 강나윤이 준 거니까.

각자 생각에 잠긴 걸 보면 짐작이 맞는 듯했다.

'한송이 작가까지 효과를 볼 줄은 몰랐는데.'

오히려 저쪽이 더 효과를 잘 보는 것 같기도?

먹는 것도 잘 먹더니.

"아."

먼저 몰입에서 빠져나온 건 수호였다. 몰입에서 뭘 봤을까?

"형님. 혹시 저 조금만 도와줄 수 있을까요?"

"응? 내가?"
"네. 공만 좀 받아 주시면 되는데……."
"음, 그거야 어렵지 않지. 가자."
한송이는 아직 생각에 잠겨 있었다.
몰입이 더 깊게 빠진 듯하니 수호와 둘만 밖으로 나왔다.
방금까지 몰입에 빠졌다가 나왔으니, 뭔가 깨달은 모양이다.
그걸 잊지 않기 위해 공을 던져 몸에 습득하려는 것 같고. 그렇다면 그냥 있을 수 없지.
'운동.'
혹시 모르니 밖으로 나오며 재능을 떠올렸다.
한송이와는 설렁설렁했겠지만, 지금 보니 몰입으로 깨달은 걸 해 보려는 거면 대충하지 않을 터.
또 대충하면 제대로 지금 깨달음을 체득하지 못하고 입스도 벗어나지 못할 수도 있었다.
그러니 제대로 받아 줄 수 있어야겠지.
"자. 던져 봐."
"예!"
글러브를 끼고 수호에게 호기롭게 소리쳤다.
그러자 수호는 제대로 자세를 잡더니 그대로 힘을 실어 피칭했다.
파앙!!
완벽하게 제구가 되며 내가 펼친 글러브 속으로 공이

박혔다.

그야말로 순식간이었다.

손바닥이 얼얼한 게…… 이거 고등학생이라고 해서 설렁설렁 받다가는 진짜 다치겠는데?

"야야. 이렇게 제대로 한다고?"

"아. 죄송해요. 힘이 들어갔죠?"

"아냐 아냐. 그건 괜찮아. 다시 던져 봐."

다시 한번 수호의 공을 받았다.

그런데 이번엔 살짝 제구가 흔들렸다.

아마 방금 한 말 때문에 나를 신경 써서 힘이 들어간 것 같았다.

제대로 제구를 해야 안 다칠 거라 생각했을 테니까.

하지만 그러면 안 된다.

'말실수를 했어.'

조금 벅차긴 하지만, 어떻게든 받을 수는 있을 거 같다.

집중을 비롯한 목생의 재능을 제대로 발현하면 말이다.

그러니 수호가 아까 몰입으로 깨달은 걸 제대로 쓸 수 있게 해 줄 필요가 있었다.

우선…….

"어깨 힘 빼고. 그리고 제대로 던져도 돼. 받을 만하니까."

"예? 어…… 예!"

충고가 제대로 된 건지는 모르겠는데, 운동 재능이 말해 준 거니까 수호에게도 말해 줬다.

그러자 수호도 뭔가 생각을 하더니 다시 자세를 잡았다.

파아앙!!

아까보다 더욱 크게 울리는 소리.

……생각을 한 게 아니라 그냥 내 말에 자극을 받았나?

이 자식, 엄청 빠르게 던지잖아?

심지어 공이 무겁다.

글러브로 받았음에도 손바닥이 살짝 얼얼할 정도.

마지막에 손재주 재능으로 살짝 비틀어 잡아서 다행이지.

"오! 제법 잘 던지네?"

"……그런가요?"

하지만 내색은 하지 않았다.

오히려 한층 더 은근히 도발했다.

방금으로 보아, 지금은 수호가 자극을 더 받아도 될 것 같았다.

아니, 자극을 받아서 아예 다른 생각을 못 하는 게 맞았다. 아까도 나를 생각한다고 제구가 흔들리지 않던가.

생각은 이미 충분히 했다.

그럼 이제 그 생각을 믿고 그냥 몸이 이끄는 대로, 연습을 한 대로 생각 없이 해야 할 차례였다.

그걸 불러일으킬 만한 게 바로 승부욕 아닐까.

'눈빛이 살벌한데?'

근데 내가 좀 과하게 도발한 것 같기도 했다. 눈빛이 거의 잡아먹을 것처럼 변했다.

평소 순둥순둥 하던 녀석이었는데, 완전 호랑이가 따로 없었다.

수아는 춤출 때 그렇게 변하더니, 얘는 공을 던질 때 이렇게 되는구나.

정신 바짝 차려야겠다.

아는 동생 입스 벗어나게 해 주려다가 입원하게 생겼다.

이번엔 공을 던져 주기 전에 목생의 재능에 개안까지 발현했다.

이렇게 써 보지 않아서 몰랐는데 진짜 대단한 능력이었다.

수호가 어떤 공을 던져도 받을 수 있을 것 같은 자신감이 차올랐다.

물론 더 이상의 도발은 하지 않았다. 이 정도만 해도 이미 충분한 것 같으니까.

공을 받은 수호가 레이저라도 쏘듯 내가 낀 글러브를 응시했다.

그리고는.

스윽.

앞에 다리를 올리며 와이드 업.

그리고 큰 키와 긴 팔의 장점으로 그대로 내려찍어 던

지는 피칭!

그야말로 강속구가 날아와 꽂혔다.

"……어우."

수호는 듣지 못하게 작게 중얼거리며 고개를 절레절레 저었다.

진짜 장난이 아니네.

내색은 하지 않고 공을 돌려줬다.

입스라는 게 이렇게 던진다고 바로 극복이 되진 않을 거다.

지금 이 감각을 떠올릴 수 있게 만들어야 연습 경기, 혹은 진짜 경기에서 입스가 찾아와도 몸이 본능적으로 갈 수 있을 터.

그게 중요했다.

압박감이든, 생각이 많아서든. 그걸 뚫고서 움직이는 몸을 만들어야 했다.

물론 지금 이걸 이렇게 만들어 놓고 잊지 않기 위해서 계속 반복 연습을 해야겠지만.

수호라면 그건 누구보다 잘할 것 같았다.

그러니.

"괜찮은데? 공은 직구 말고 다른 건 없어?"

"……형 혹시 예전에 야구 하셨어요?"

"응? 아니. 구경은 좀 해 봤는데 하진 않았지."

"근데 되게 잘 받으시네요."

제대로 들어간 공을 태연하게 받아서 던진 것에, 수호

가 살짝 자존심이 상한 표정을 지었다.

저 녀석, 승부욕이 불타는 것 같은데?

운동선수라면 당연히 승부욕은 있어야 한다고 생각했다. 그럼 살짝만 더 끌어올려 줘 볼까?

"잘 받으라고 잘 던진 거 아니었어? 그냥 글러브만 들고 있었는데."

틀린 말은 아니었다.

그럼에도 프로에 가려는 수호에게는 살짝 도발됐겠지만.

"그렇죠. 그럼 변화구도 가도 될까요?"

"던져 봐."

오, 쟤 방금 이 꽉 문 것 같은데.

그래서 브라우니를 불렀다.

이번엔 역발산기개세까지 발현하는 순간! 수호의 공이 순간 사라졌다가 코앞에서 뚝 떨어졌다.

착!

놓치지 않고 재빨리 글러브를 가져다 댔다.

"와! 사라졌다가 나타나는데?"

연기와 함께 능청스럽게 말하며 공을 돌려줬다.

이건 내가 생각해도 좀 약 오르겠는데?

아니나 다를까, 수호는 이제 다른 말은 줄이고 무슨 공을 던질 건지 말하며 공을 던졌다.

변화구, 슬라이더, 직구 등등.

구종이 많기도 했다.

근데 그걸 또 다 잘 던졌다.
'얘 나중에 메이저 리그 가는 거 아냐?'
 물론 야구는 구경만 해 본 내가 야구에 대해 알면 얼마나 알까 싶지만. 그걸 제외해도 무척 잘한다는 걸 한눈에 알 수 있을 거 같았다.
 입스고 뭐고 이젠 자기도 푹 빠져서 묵묵히 공을 던지는 수호의 모습에 나도 이제 집중하고 공을 받는 데 신경을 썼다.
 도발은 이제 필요 없을 듯했다.
 왜냐면 공을 던질 때마다 수호의 아우라가 점점 밝게 변해 가고 있었으니까.
 얼어붙었던 재능의 꽃도 사르르 녹아 생동감 있게 점점 변했다.
 그리고 마지막 공을 던졌을 때 마침내…….
 사아아~!
 재능의 꽃에서 향기를 내뿜었다.
 그와 동시에 블루 카멜리아가 뿜었던 향과는 또 다른 향이 공터를 채웠다.
'됐구나.'
 재능의 꽃에서 향기를 피워 낸 수호의 표정을 살펴보니, 뭔가 뻥 뚫린 표정이었다.
 위기 다음 기회.
 아마도 수호는 그 기회를 잡은 듯했다.
 물론 나도 얻은 게 있었다.

만생공이 진짜 대단하다는 것과 함께…… 목생의 재능이 전부 성장한 것이다!

하나의 재능도 아니라 목생 자체가 성장하다니. 게다가 거기서 끝이 아니었다.

또…….

사라랑~

카페 안에서도 꽃향기가 흘러나와 내게 스며들었다.

'이건!'

우리가 공을 던지는 사이, 한송이의 재능의 꽃에서도 향기가 피어올랐다.

* * *

다음 날.

"백수호. 괜찮겠어?"

"예. 괜찮습니다."

"음, 그럼 일단 몸 풀어 봐."

"예!"

바로 경기가 있는 날이었다.

일단 백수호도 명단에는 들어갔지만, 감독은 선발 투수에는 넣지 않았다.

백수호는 원래 투수, 타자 둘 다 볼 수 있었지만, 타자에는 아예 명단마저 넣지 않았다.

요즘 백수호의 상태를 누구보다 잘 알기 때문이었다.

전날 연습도 빼고 일찍 집에 보낸 것도 그 때문이었으니.

오늘은 심지어 중요한 경기였다.

팀 에이스의 역할이 중요한 시점이라 그런 백수호라도 일단 명단에 넣었지만 말이다.

물론 최선은 백수호의 차례가 오지 않도록, 선발 투수가 잘해 주는 것이 제일이지만.

아무래도 입스라는 게 그렇게 단시간에 좋아질 경우는 드무니까 말이다.

하지만…….

따아앙!!

"……불펜 누구 있지?"

선발 투수가 홈런을 맞더니 멘탈이 흔들렸다. 더 공을 줬다가는 투수한테도, 팀한테도 좋지 않을 터.

프로였다면 혹시 모르지만, 그는 고등학교의 감독. 중요한 경기라도 아이들의 성장이 최우선이었다.

하지만 교체할 만한 선수가 없는데?

그렇게 고심에 빠진 순간.

"수호 있는데요?"

"백수호? 괜찮겠어?"

"아까 몸 푸는 것 보니까 완전히 돌아온 것 같습니다."

"그래?"

코치가 의외의 상황을 전달했다.

"오히려 전보다 좋아진 것 같습니다."

심지어 더 좋단다.
걱정이 되긴 하지만······.
"수호 넣어."
"예."
믿어 보기로 했다.
그리고 마운드에 올라간 백수호는 그 믿음에 보답이라도 하듯.
"삼진 아웃!"
그대로 상대 타자의 방망이를 잠궈 버렸다.
팀 에이스의 부활이었으며 팀의 중요한 승리.
두 마리 토끼를 잡은 감독은 웃음을 터트리며 백수호를 칭찬했다.
그에 백수호는 기뻐함과 동시에 어제를 떠올렸다.
'형님한테 던질 때보다 편해.'
카페의 공터에서 마주했던 천유진에게서 느껴지던 그 중압감.
분명 선수도 아니고 그냥 일반인인데 몸을 절로 무겁게 만드는 압박을 주던 천유진이었다.
심지어 투수가 상대해야 하는 타자 포지션도 아니고 그냥 공을 받아 주는 것뿐인데 말이다.
그래서 그걸 떨치려고 안간힘을 썼다. 그리고 그 느낌을 그대로 이번 경기에 써먹었을 뿐인데 승리했다.
그것도 가뿐하게.
그동안 경기를 할 때마다 자신을 괴롭힌 입스는 사라진

듯했다.

천유진이 주던 중압감에 비하면 그건 아무것도 아니었으니.

그리고 덕분에 백수호에겐 새로운 목표가 생겼다.

언젠가 뛰어넘어야 할 목표였다.

* * *

수호한테서 연락이 왔다. 내 덕에 경기에서 이겼단다.

그리고 다음엔 꼭 나를 놀라게 만들어 주겠단다.

"나한테 굳이 왜?"

왠지 모르겠지만 어쨌든 입스에서는 벗어나서 다행이다.

물론 위기는 계속 찾아올 거다. 아직 수호에겐 갈 길이 머니까.

하지만 한 번 위기를 겪었던 만큼 앞으로는 더 잘 헤쳐 나가지 않을까?

'그럴 것 같네.'

이글이글 불타던 그 눈빛을 생각하면 충분히 그럴 애였다.

남매가 아주 새끼 호랑이들이 따로 없다. 커서 뭘 해도 할 것 같은…….

앙앙!

"그래. 자!"

잠깐 생각한다고 멈췄더니 백구가 공을 던지라고 짖는다.

그에 공터 반대편 쪽으로 공을 던졌다.

백구는 오랜만에 카페에 놀러 왔다.

녀석은 그새 조금 컸다. 그래 봐야 아직 아기 같긴 하지만.

아무튼, 녀석이 온 김에 공을 던져 주면서 놀아 주며 한 가지 테스트를 했다.

'이번엔 변화구.'

신나게 공을 물고 달려와 앞에 던져 놓는 백구 덕분에 공을 주우러 갈 필요는 없었다.

"잘했어."

적당한 칭찬이면 충분했으니.

어느새 돌아온 공을 주워 수호가 어제 던졌던 투구 폼을 떠올리며 공터 반대로 공을 던졌다.

어제는 계속 공을 받기만 해서 해 보지 않았는데 왠지 할 수 있을 것 같았다.

가볍게 와이드 업.

그리고 피칭.

부드럽게 날아가던 공이 그대로 절벽에 떨어지듯 뚝! 하고 떨어졌다.

역시 된다.

앙앙!!

열심히 공을 보고 달려가다가 갑자기 떨어진 공에 머리

를 맞은 백구가 항의했지만, 기분이 나쁘진 않았다. 오히려 이게 된다는 사실에 살짝 고무됐다.

'이걸 가지고 당장 야구 선수를 하겠다는 건 아니지만……'

만생공이 범상치 않은 능력이라고 생각하면서도 이럴 때면 늘 놀랍다.

또 공을 가지고 온 백구에게 이번엔 슬라이더로 던져 봤다. 손에 착착 감겨서는 그대로 뱀처럼 휘어져서 날아갔다.

……앙!

"어? 알았어. 이제 그냥 던질게."

자꾸 이상하게 던지니 백구가 심통 났는지 안 달려가고 그냥 앉아 버렸다.

이크. 더 삐지기 전에 살살 달래며 공을 주워 오라고 했다.

여태 녀석 덕분에 쉽게 공을 주워 왔는데 삐지게 할 순 없지.

앙!

한 번 더 믿겠다는 듯 백구가 공을 주웠다.

그리고 이번엔 진짜 그냥 백구가 물어 오기 좋게 놀아 주듯 던져 줬다.

어차피 궁금했던 건 다 시도해 봤다. 다음엔 수호보고 타자를 시켜 봐야 하나?

그것도 보고 배우면 금방 할 것 같은데.

수호는 투수, 타자 둘 다 잘한다고 들었으니 나중에 한

번 해 봐야겠다.

그나저나, 수호 덕분에 얻은 건 이것뿐만이 아니었는데…… 목생의 재능이 전부 성장을 했다.

정확히는 목생이 성장 했는 말이 맞을 듯했다.

만생공이 '2성'이 된 것처럼 목생도 '2성'이 된 것.

겉으로 보기엔 그것 말고는 달라진 게 없는 것 같은데…….

'몸이 달라졌어.'

그동안은 재능을 얻는다고 몸이 변하고 그러진 않았다. 그런데 이번엔 자고 일어나니 확실히 변화가 일어났다.

살이 빠지고 복근이 생기고, 팔과 다리에는 근육이 붙었다.

그동안 만생공의 능력으로 체력은 많이 붙었다고 하지만 그건 이것과는 별개였다.

아침에 씻으면서 몸을 보고 얼마나 놀랐던가.

다행히 옷을 입으면 그 변화가 티가 안 나긴 했다. 애초에 살이 많거나 하진 않았으니까.

'눈도 좋아진 것 같은데.'

그러니까 육체적인 전반적인 상태가 좋아졌다.

만생공이 성장하면서 얻은 걸 정리하면 이렇게 얘기할 수 있을 것 같았다.

수호처럼 공을 던져도 어깨가 멀쩡한 것도 그래서였다.

붕붕 돌려 봐도 쌩쌩하다.

몸이 가볍다는 게 이런 느낌이구나 싶다.

'컨디션이 좋네.'

새로 태어난 몸을 가진 기분이다.

틀린 말은 아닌가?

"내가 언제 복근을 가져 봤더라."

음, 복근이 있긴 있었구나?

이제 여름인데 따로 관리는 안 해도 되겠다.

물론 이전에도 딱히 여름이라고 관리를 한 건 아니었지만.

일한다고 어디 갈 일이 있어야지.

올해는 어디 피서지라도 가 봐야겠다.

아무튼 수호 덕분에 좋은 걸 얻었다.

아! 그리고 하나 더 있었다.

바로 한송이 작가에게서 얻은 것.

수호와 마찬가지로 몰입을 통해서 한송이 또한 변화를 얻었다.

그건 바로 새로운 재능 개화와 함께 기존의 재능이 향기를 품은 것이었다.

'몰입 재능을 얻을 줄이야.'

한송이가 새로 얻은 재능의 꽃이었다. 거기에다가 기존에 있던 그림 재능은 꽃을 피우면서…….

〉몰입(2)

>그림(2)

 내가 가진 재능도 이렇게 성장했다. 덕분에 그림 재능은 이제 아우라로도 그림을 그릴 수 있게 됐다.
 같은 사람에게는 다시 이런 아우라와 재능을 얻을 수 없는 게 아닌가 싶었는데, 이걸로 확실히 아니라는 걸 알 수 있었다.
 사라랑~
 금색의 아우라들이 손의 움직임에 따라 움직였다.
 마치 물감처럼 허공에 새기면 그대로 그림이 되는 것이다.
 '원래 뭔가 그림을 그린 뒤에야 효과가 발현되는데 이젠 안 그래도 효과를 넣을 수 있겠어.'
 이걸 감화와 같이 쓰거나 조율 같은 재능과 같이 쓴다면 효과는 더욱 좋아졌다.
 그리고 이렇게 되니 왜 목생, 금생 같은 재능으로 묶어뒀는지 알 수 있었다.
 서로 간에 연계성도 높을뿐더러 성장을 할수록 점점 비슷해지는 것이다.
 결국 목생이라는 재능 하나로, 또는 금생이라는 재능 하나로 되지 않을까.
 "목생은 몸이 좋아지고, 금생은 뭐가 좋아지려나."
 아우라를 다루는 섬세함? 아마 그런 쪽이 아닐까.
 앞으로도 금생이 성장하는 게 기다려진다.

물론 지금은 그 궁금증은 호랑이 쉼터에 있다 보면 저절로 풀릴 테니 조급할 필요는 없었다.
 앙앙!
 "……아직 안 지쳤어?"
 조금만 딴짓하고 있으면 곧장 짖어서 눈치 주는 백구부터 힘을 좀 빼놔야겠다.
 숲을 닮은 색의 아우라가 손에서 피어났다.
 그리고 그대로 공을 던졌다.
 목생의 재능으로 던진 공은 딱 원하는 위치에 떨어졌다.
 축복을 무제한으로 쓸 수 있게 되면 이런 능력도 밖에서 마음껏 쓸 수 있을 테니 진짜 운동선수를 할 수 있을지도.
 '물론 그럴 생각이 있으면 말이지.'
 지금은 그런 생각이 전혀 없었다.
 여기서도 하고 싶은 일, 해야 할 일이 많았으니까.
 "인제 그만."
 백구와 테스트 겸 놀이를 마치고 텃밭으로 돌아왔다.
 텃밭의 작물들은 또 아우라를 먹고 쑥쑥 자라났다.
 "이제 옥수수는 따도 되겠는데?"
 몇몇은 수확을 해도 될 정도였다.
 "어? 수박?"
 주먹만 한 수박도 보였다.
 아직 한참은 더 커야 될 것 같지만, 검은 무늬와 초록

껍질이 선명한 것이 딱 봐도 달고 맛있을 것 같다.
 여름엔 역시 수박이지. 무럭무럭 더 자라서 곧 수확할 수 있길.
 "참외는 곧 먹을 수 있겠네."
 이리저리 살펴보면서 지금 딸 수 있는 작물, 곧 딸 수 있는 작물들을 정리했다.
 여름엔 아무래도 과일 음료가 많고 좋을 수밖에 없었다.
 달고 상큼하고 시원한 게 당기는 계절이니까.
 그런 의미에서 텃밭에 심어 놓은 것들은 적절했다고 볼 수 있었다.
 '이장님네 밭에서도 좋은 과일을 조달할 수 있으니 양도 문제없고.'
 아무튼.
 이번 손님 둘은 아주 선물들이 푸짐했다.
 텃밭만 봐도 든든하니.
 "둘 다 더 잘해 줘야겠네."
 아직 같은 마을에 있을 때 그래야지.
 어깨를 으쓱하면 이번에 얻은 것들에 대한 고마움은 이제 다른 걸로 옮기기로 했다.
 우선 알이 꽉 차서 잘 익은 옥수수를 땄다. 노란 알갱이들이 꼭 과일처럼 맛있어 보인다.
 '초당 옥수수인가?'
 사실 옥수수라고만 들었고 품종까진 못 들었다.

근데 샛노랗고 알에 물이 가득 차 보이는 것이 초당 옥수수가 맞는 것 같다.

확인하기 위해 그냥 바로 먹어 봤다. 껍질을 벗겨서 그대로 한 입.

촤압!

"음~!"

역시 초당 옥수수가 맞았다.

달달한 즙이 씹자마자 터져 나왔다.

찰옥수수였으면 이가 들어가지도 않았을 터였다. 신선한 초당 옥수수는 이게 가능했다.

'찰옥수수여도 좋겠지만, 이것도 괜찮네.'

달고 옥수수 특유의 향이 있는 과일 같았다.

식감도 괜찮았다. 그냥 생으로 먹어도 될 정도니까.

껍질도 얇고 수분도 많은데 또 단맛이 강해서 이거 하나 그냥 뚝딱 먹겠는데?

앙앙!

"너도 줄까?"

뒤따라온 백구에게도 하나 따서 줬다. 그리고 멀뚱멀뚱 보고 있던 토리도.

랑이는 뭐, 이런 거 잘 안 먹는 고양이니까.

근데 이러고 보니 그림이 좀 특이하긴 하네.

'강아지랑 토끼랑 고양이 사이에서 옥수수를 먹는 광경이라…….'

묘하게 비현실적이면서도 꿈꿀 수밖에 없는, 그런 이상

적인 모습으로 느껴졌다.
 자기가 농사지은 작물을 그 자리에서 동물들과 바로 까먹는 로망.
 나는 딱히 그런 게 있진 않았는데도 심심하지 않아서 좋았다.
 셋 다 성격이 달라서 보는 재미도 있기도 하고.
 토리는 옥수수를 입으로만 옴뇸뇸 알맹이만 갉아먹었다.
 백구는 그보다 더 터프하고 앞발로 딱 쥐고 뜯어먹었다.
 그래도 심지까진 안 뜯어먹으니 다행이다.
 그리고 옥수수 안 먹는 랑이는 떨어진 알맹이를 앞발로 툭툭 치며 놀았다.
 "무해하다. 무해해."
 어쩜 이렇게 모인 건지.
 물론 토리는 아직 백구를 경계하긴 했다.
 처음엔 백구가 놀러 올 때마다 도망을 가거나 숨었는데, 이젠 저 거리까진 괜찮은 모양. 이렇게 된 건 비교적 최근이었다.
 어쨌든 셋이서 큰 문제 없이 사이가 좋아서 다행이다.
 특히 백구는 덩치가 제일 크고 앞으로도 계속 더 클 텐데 토리를 엄청 좋아했다.
 귀찮게 계속 치댈 정도로 좋아하는데 토리는 아직까진 좀 부담스러워해서 적당히 떼어 놔야 했다.

"……동물농장인가."
생각해 보니 이런 일까지 해야 할 줄이야.
조금 귀찮을지도…… 그래도 뭐, 귀여우니까.
갸웃?
옥수수를 안 먹는 랑이가 허공을 보며 멍을 때리다가 고개를 갸우뚱했다.
그러다가 뭔가 발견했는지 허공에 앞발을 휘저었다.
부우우!
뭔가 했더니 꿀벌이었다.
랑이의 앞발에 짜증이 났는지 꿀벌이 붕붕거리며 날아다녔다.
랑이는 그걸 보고 또 뛰어다니며 잡으려고 했다.
"봉봉이었어? 이리 와. 랑이 너도 그만하고."
봉봉이를 앞치마 주머니에 안전하게 뒀다.
이 녀석, 성격 있네.
랑이 앞발에 걸리면 그냥 다치는 걸로 끝나지 않을 텐데 말이지.
"앞으로는 그냥 와. 괜히 까불다가 다친다."
부우우!
"그래그래."
마치 쟤가 먼저 그랬다고 일러바치는 듯한 봉봉이 녀석에게 초당 옥수수 한 알을 줬다.
그제야 기분이 풀린 듯 조용해졌다.
랑이는 금방 관심이 꺼진 듯 그루밍 삼매경에 빠졌으니.

나도 신경 끄고 다시 옥수수로 관심을 돌렸다.
'옥수수로는 또 뭘 해 보지?'

[옥수수]
*상태
—최상
*효과
—체중 감량
—활력 상승

초당 옥수수의 텍스트창를 보니 다이어트에 좋을 것 같다.
체중감량 효과도 있고, 자칫 활력이 떨어질 수 있는 다이어트에 활력을 상승시켜 주기도 하니까.
그럼 우선 좀 쪄서도 먹어 볼까?
그냥 먹고, 쪄서 먹고, 구워도 먹어도 맛있는 게 옥수수였다.
꼭 다이어트가 아니더라도 간단한 식사 대용으로 딱인 거지.
그 밖에 다른 활용도 한 번 찾아볼 생각이었다.
빵이나 디저트류는 당장 생각나는 게 많았다.
옥수수 식빵도 있고, 옥수수 크림빵도 있고.
'레시피북에 음료도 하나 있었던 것 같은데.'
뭐였더라…… 아! 생각났다.

커피. 옥수수가 들어간 커피 음료가 하나 있었다.
무슨 맛일지는 상상이 좀 안 가는데……
이건 시음이 좀 필요할지도.
'누구한테 부탁하지?'
수아는 아직 올 시간이 안 됐고, 한송이는 어제 몰입을 얻은 뒤 갑자기 작업 한다며 뛰어갔다.
아마 지금까지 작업을 했으면 잠을 자고 있지 않을까.
그렇다면 남은 건…….
딸랑~ 딸랑~
마침 백구를 데리러 온 이선아에게 부탁하기로 했다.

* * *

옥수수 커피는 사실 기존에 있던 커피음료들과 크게 차이 나는 건 아니었다.
옥수수를 크림으로 만들어서 올리는 거니까.
하지만 음료에 옥수수라서 뭔가 낯선 듯한 느낌이 없지 않아 있었다.
"그냥 구워 주면 안 돼?"
"그것도 줄게. 우선 이것부터 먹어 보고."
이선아도 옥수수 커피라고 하니 낯선 듯했다.
여기저기 예쁜 카페를 많이 찾아갈 것 같은 녀석인데, 의외로 그런 경험이 적었다.
아, 의외는 아닌가? 원래 방구석을 좋아하는 녀석이니.

지금도 사실 이장님이 운동시키려고 한 게 아니었으면 여기 오지 않았을 녀석이었다.
백구 산책 핑계로 도망친 게 여기였으니.
내가 만약 백구가 그냥 혼자 왔고 이선아는 여기서 빈둥빈둥거렸다고 이장님에게 얘기하는 순간 바로 찾아와서 데려가겠지.
가는 그곳이 어딘지 몰라도 아마 좋은 곳은 아닐 거다. 곱게 데려가지도 않을 거고.
그래서 이선아는 고분고분 시음하겠다고 했다.
저럴 거면 그냥 다시 도시에 올라가서 살지 왜 여기에 계속 있는 건지 모르겠다.
뭐, 나는 이선아가 마을에 있어서 좋았다.
여러모로.
"근데 카페에 무슨 향 써? 꽃은 없는데."
"응? 무슨 향이 나?"
"꽃 향? 무슨 꽃인지는 모르겠는데 되게 좋네?"
카운터에 앉아서 랑이를 만지던 이선아가 고개를 두리번거리며 물었다.
꽃향기라면 역시 최근에 재능의 꽃에서 나온 향들인가?
각각의 향들이 달라서 섞였음에도 좋은 향기인 건 맞았다.
그런데 이선아도 느낄 수 있으면 다른 사람도 느낄 수 있는 건가?

"텃밭에 꽃이 많이 피워서 그럴걸?"

그걸 말해 줄 순 없으니 적당한 핑계를 댔다. 이쪽도 사실이기도 하니까 문제는 없었다.

"그래?"

"향이 좋아?"

"뭐…… 좋네."

의식 안 하는 척하면서도 계속 맡는 걸 보니 좋긴 한가 보다.

편하게 향기 맡으라고 슬쩍 주방으로 왔다.

옥수수 커피를 만들기 전에 먼저 옥수수 베이스를 만들어야 했다. 옥수수 크림을 만들기 전 단계였다.

우선 초당 옥수수의 알갱이를 칼로 썰어서 분리해 주고…… 이걸 믹서기에 넣고 곱게 갈았다.

곱게 갈면 갈수록 좋으니 거의 죽 이상이 될 때까지 갈았다.

'엄청 고소한 냄새 나네.'

이제 홀에도 꽃향기보다 옥수수 향이 더 진하게 나지 않을까?

여기서 곱게 간 옥수수 알갱이를 냄비에 넣고 끓이면 되는데, 그 전에 먼저 체에 한 번 걸러서 껍질이 씹히지 않게 걸러 냈다.

부드러운 크림을 만들려면 꼭 해야 되는 과정이었다.

그렇게 부드럽게 걸러낸 베이스는 이제 끓이면 됐다.

냄비에 넣고 중·약불에 타지 않게 끓이자 옥수수의 그

향기가 더욱 진하게 퍼졌다.
 특히 초당이라 단 냄새가 엄청 났다.
 쪘을 때 나는 냄새하고는 비교가 안 됐다.
 물론 옥수수의 모습도 그렇긴 하지만.
 '스프가 따로 없네.'
 이대로 먹어도 될 듯했지만 걸쭉하게 스프가 될 정도로 졸여진 옥수수 베이스.
 원래는 설탕을 넣어야 하지만, 이미 충분히 단 것 같으니 꿀만 조금 넣어서 향을 더했다.
 봉봉이가 자기네 꿀이라고 붕붕거리길래 고맙다고 하니 우쭐하듯 더듬이를 까딱인다.
 얘도 참 웃긴 녀석이었다. 원래도 그랬지만.
 다시 옥수수 크림 만들기로 돌아가자면, 크림이니까 당연히 생크림이 들어갔다.
 옥수수 베이스의 절반 정도.
 지금 바로 베이스와 크림과 섞으면 뜨거워서 층 분리가 일어날 수 있으니 일단 베이스는 식혔다.
 냉동실에 넣어서 빠르게 식히고 그사이 생크림을 휘핑 쳤다.
 휘핑은 완전 단단하게 되면 안 되고 부드러운 거품이 생길 정도로만.
 설탕도 조금 넣고 섬세하게 휘핑을 쳤다.
 그리고 식힐 옥수수 베이스를 이 생크림과 섞으면 이제 준비는 끝났다.

우유를 컵에 붓고 그 위에 만든 옥수수 크림을 얹듯 부어 주면…….

　'오? 색깔도 예쁘네.'

　투명한 컵에 노란 옥수수 크림과 하얀 우유가 층 분리된 모습으로 보였다.

　나중에 먹을 땐 섞어서 먹어도 되고 이대로 먹어도 되는데 아직 끝난 건 아니었다. 하나 더 남았다.

　바로 샷을 내렸다.

　원두는 적당히 산미 있으면서 고소한 원두.

　그렇게 내린 샷을 옥수수 크림 위, 가장자리로 부어 주면…… 끝.

　내린 샷이 컵을 따라 크림 사이를 파고들면서 우유와 뒤섞였다.

　아까는 귀여운 병아리 같은 느낌이었는데 커피가 들어가니 확실히 조금은 성숙한 느낌이 들었다.

　"오래 기다렸지? 자, 옥수수 크림 라테야. 한번 먹어 보고 말해 줘."

　"옥수수 크림 라테?"

　"위에 있는 크림을 옥수수 베이스로 만든 거야."

　이선아의 앞에 컵을 내려놓으며 간단하게 설명해 줬다.

　잠시 컵을 이리저리 보던 이선아는 이내…….

　'어디로 가는 거지?'

　컵을 들고 갑자기 창가로 갔다. 그러고는 열심히 사진

을 찍었다.
 하지만 조금 마음에 들지 않은 듯 이내 다시 장소를 옮겼다.
 급기야 밖에 있는 나무 아래 그늘 쉼터까지 갔다.
 그리고 나서야 만족스런 사진을 찍었는지 천천히 돌아왔다.
 "사진은 어디 올리게?"
 "단톡방."
 아하, 난 또 어디 SNS에 올리는 줄 알았더니…….
 아무튼 그렇게 열심히 사진을 찍고 나서야 맛을 보는데.
 이거 마치 예전에 처음 민트 초코 프라푸치노를 만들어서 수아에게 평가받던 그 느낌이었다.
 꿀꺽! 꿀꺽!
 이선아가 과감하게 옥수수 크림 라테를 마셨다.
 에스프레소와 크림, 그리고 우유까지 한데 섞여서 입 속으로 빨려 들어갔다.
 그리고 잠시.
 "음. 맛있네."
 "괜찮아?"
 "응. 고소하고 달아."
 아주 심플한 평이 돌아왔다.
 하지만 이선아의 표정을 보니 맛있는 것 같았다.
 내 것도 한 잔 가져와서 마셔 봤다.

'음~'

고소하고 달다는 표현 이상을 더 찾기 어려운 딱 그 맛이었다.

거기에 한 가지 더하자면 커피가 마지막에 너무 달달할 수 있는 맛을 중화시켜 준다는 점?

시원하고 달콤해서 확실히 좋아하는 사람은 좋아할 것 같은 맛이었다.

"여름에 좋겠네."

"응. 단 거 당길 때 좋을 것 같음."

이선아가 고개를 끄덕이며 동의했다. 이 정도면 정말 괜찮은 거였다.

특히 이건 수아가 좋아할 것 같은 맛이기도 했다.

나중에 오면 하나 만들어 줘야겠다.

물론, 언제나처럼 보나 마나 민초프부터 달라고 할 테지만.

지잉! 징!

아, 아닌가?

아까 이선아가 단톡방에 올린 사진 때문에 톡방이 난리다.

정확히는 수아가 난리가 났다.

자기도 먹고 싶다고.

"근데 오빠, 운동해?"

"응? 나?"

"뭔가 운동하는 것 같은데."

단톡방에서 수아랑 열심히 톡을 하던 이선아가 문득 나를 보고 물었다.

티가 났나? 그 정도는 아닌 줄 알았는데.

"그냥 텃밭도 하고 잡초도 뽑고 여기까지 왔다 갔다 하니까 살이 빠졌겠지. 운동은 따로 안 하는데?"

"그래?"

"그러는 넌 운동 좀 해?"

"좀? 좀이 아니라 죽을 것 같음."

표정을 보니 진짜 그런 것 같다.

일단 화제는 잘 돌렸다.

이 녀석, 둔한 것 같은데 예리하단 말이지. 꽃향기도 그렇고.

"그래. 아, 이거 다이어트에 좋을걸?"

"이렇게 단데 다이어트에 좋다고?"

"설탕 안 넣었어. 그냥 옥수수가 단 거야. 옥수수에 식이섬유랑 비타민 많은 거 알지? 아침에 밥 안 먹고 이거 한 잔 마셔도 든든할걸?"

"그래?"

이선아가 고개를 갸우뚱했다.

뭐, 사실 이선아한테는 해당 사항이 없는 얘기이기도 했다. 이미 엄청 마른 몸이었으니까.

이장님이 괜히 운동을 시키려는 게 아니었다.

근육이 좀 있어야 그래도 힘도 있어 보이고 하니까 그런 거지.

"기운 없을 때 먹어도 되니까 가끔 와서 먹어."
"……그렇게 말하니까 꼭 공짜로 주는 것 같네."
"응? 아, 그런가?"
생각해 보니 그러네.
이선아의 말에 멋쩍음에 볼을 긁적였다.
사실 무료로 주려면 줄 수 있긴 했다. 형편성이 어긋나니까 그렇지.
지금처럼 시음으로는 줄 수 있지만, 일단은 영업하는 카페니까.
"단골 쿠폰 같은 건 없어?"
"아, 그거."
전에 한 번 만들려다가 깜빡했다.
이제 자주 오는 사람도 있고, 한 번 왔던 사람들이 또 오기도 하니까 쿠폰이 있는 것도 나쁘지 않을 듯했다.
한 번 진짜 만들어 봐?
이왕 생각난 김에 바로 해 보기로 했다.
일단 조건은 5번 도장을 받으면 음료 하나 무료.
이 정도면 되려나.
"음."
혜택은 이 정도면 될 것 같다.
어차피 5번 이상 여기 올 사람들은 마을에 있는 사람들뿐이라 5번도 많았다.
그보다 고민인 건 디자인이었다.
이리저리 시안을 만들어 봤는데 영 마음에 들지 않는다.

"이건 어때?"

"구려."

이선아는 돌려서 말하지 않는 화법을 가졌다. 개인 방송을 할 때도 그랬는데 지금도 마찬가지.

내가 그린 시안을 아주 매몰차게 평가했다.

"쓸데없이 그림은 잘 그리네?"

"뭐 인마?"

"근데 디자인이 중요해?"

슬쩍 넘어가려는 것 봐라…… 그새 수아한테 물들었나?

이선아와 싸울 것도 아니라서 넘어가 주기로 했다.

"명함으로도 같이 쓰려고."

"아."

쿠폰을 명함으로 쓴다는 게 웃긴 말이긴 했다.

하지만 전에 밖에서 사람을 만날 때 생각해 둔 거기도 했다.

카페에 왔으면 하는 사람에게 어필도 할 겸 소개도 되는 쿠폰 겸 명함.

어차피 격식 있는 비즈니스의 명함 교환은 이제 없을 테니까 가볍게 주기 좋은 쪽이 낫지 않을까 싶다.

물론, 그렇다고 해서 허접하게 만들고 싶지도 않았다.

그래서 디자인이 고민이 됐다.

전에 받았던 배홍석 할아버지의 명함 디자인이 아주 끝내줬는데.

'그건 일단 재질 자체도 범상치 않긴 했지만.'

그래도 심플하면서 봉황 마트가 머릿속에 확실하게 새겨지는 명함이었다.

그런 걸 생각해서 디자인을 몇 개 뽑아봤는데 이선아의 평가가 저리 박할 줄이야…… 심지어 그림 재능 때문에 퀄리티는 좋단다.

나도 나름 디자인이라면 일가견 있었는데…….

'이건 자존심이 걸렸어.'

이제 이건 그냥 명함 만들기가 아니었다.

"그럼 뭐가 문제인 것 같은데? 뭐가 구려?"

"음. 딱 이 카페 하면 떠오르는 느낌이 아니야. 오두막이 뭐야 오두막이."

나 회사 다닐 땐 먹혀 주는 디자인이거든?

아무 심플하게 그려 넣은 내가 만든 청사진. 더 할 것도 뺄 것도 없이 좋았는데…….

'호랑이 쉼터만의 느낌이 안 난다는 말이지.'

이곳만의 느낌. 그건 어떤 걸까.

"네가 생각할 때 여기 느낌은 어떤데?"

그럼 물어보자. 이선아에겐 어떤 느낌일까?

내 질문에 녀석도 바로 답하지 못하고 고민을 했다.

그러다 내놓은 답은…….

"밝아."

음료에 대한 평만큼 아주 짧은 감상이었다.

다짜고짜 밝다니…….

카페에 큰 통창이 있어서 밝긴 밝지.
햇빛도 잘 들어오게 공터도 있고.
"그게 다야?"
"응."
"……너무 어려운데?"
그걸 어떻게 명함에 표현해.
일단 이선아의 감상은 보류.
그렇다면 다른 사람은 어떨까?
단톡방에 올려다봤다.
바로 수아에게 답이 왔다.

―맛있고 재밌는 곳!

"……끄응."
얘는 더 어렵다.
다들 뭔가 이미지가 아니라, 느낌을 말하고 있었다.
그리고 그건 나도 똑같았다.
호랑이 쉼터를 떠올리면 오두막 지붕에 누워 따뜻한 햇살을 맞는 휴식이 생각나니까.
이건 생각보다 너무 어렵다.
"쿠폰은 보류다."
"왜? 쿠폰은 만들어야지."
"그렇게 쉽게 만들 수 없어."
"그런 게 어디 있어?"

쿠폰 자체를 보류한다는 말에 이선아가 반발했지만 어쩔 수 없었다.

이건 생각보다 중요한 문제니까.

그러니까 5번 도장에 한 잔 무료는 없던 거다.

이선아가 그에 더 항변하려던 찰나!

딸랑~ 딸랑~

손님이 왔다.

이거 생각한다고 오솔길에서 손님이 오는 것도 몰랐네.

"어서 오세요~."

또 새로운 손님을 맞이했다.

그런데 이번 손님도 상태가…….

'좋지 않은데?'

처음으로 내적으로도, 외적으로 좋지 않은 상태의 손님이 찾아왔다.

이번에 온 손님은 살이 조금 많이, 아니 그냥 많았다.

그리고 과하게 몸을 움츠린, 어딘가 위축된 모습이었다.

그렇게 모습으로 조용히 들어온 손님은 어딘가 안도하는 한숨을 먼저 내쉬었다. 그 뒤에 주변을 두리번거리다가 자리부터 잡았다.

그리고 다시 두리번거렸다.

이선아와 눈이 마주친 것 같은데 황급히 고개를 돌렸다.

마치 아무것도 안 봤다는 듯 주변을 둘러보다가 나와도 눈이 마주쳤다.
휙!
다시 고개를 급히 돌린다.
누가 봐도 시선을 무서워하는 것 같다.
그건 눈에 띄는 손님의 아우라 상태를 보면 왠지 알 수 있었다.

[구해성]
*상태
―폭식증으로 인한 과체중
―자존감 하락으로 대인 기피

이것까지는 여태 왔던 다른 손님들과 크게 차이 나지는 않아 보인다.
물론 이게 좋다는 건 아니지만, 여기에 하나 더 추가된 상태는 확실히 안 좋다.

―내적 혐오

다른 사람도 아니고 자기 자신을 갉아먹고 있는 상태.
'강나윤처럼 저주도 아니야.'
혼자서 족쇄를 채우고 그에 벗어나지 못하게 죄어 버리던 강나윤과는 또 다른 상태였다.

저건…… 스스로를 갉아 먹고 있는 거다.

그래서 그런지 아우라도 그런 느낌이었다.

보통 아우라는 몸에서 뿜어지듯이 일렁이는 것처럼 보이는데, 이 손님은 딱 달라붙어 있었다.

그리고 일렁인다기보다 꿈틀거렸다.

꼭 아우라가 몸에 거머리처럼 달라붙어 있는 듯했다.

확실히 상태가 안 좋았다.

저게 심화가 되면 강나윤처럼 저주로 변하는 게 아닐까?

"나는 갈까? 손님 온 것 같은데."

내가 손님 쪽을 계속 살펴보고 있으니 이선아가 물었다. 아무래도 방해가 된다고 생각한 모양이다.

손님의 상태를 생각하면 이선아가 자리를 비켜 주는 것도 나쁘진 않을 것 같았다.

근데 또 나와 단둘이 있으면 오히려 더 불편할 것 같은 느낌이었다.

"아냐. 쉴 거면 좀 더 쉬다가. 편하게."

"안 편할 것 같은데."

"……뭐 좀 줄까?"

"내돈내산?"

이선아가 쿠폰을 흘깃 보며 말했다.

이 녀석, 신경 안 쓰는 척하면서 신경 썼네. 돈은 잘 버는 것 같던데.

"서비스로 줄게. 아무거나 골라 봐."

"그럼 이거 한 잔 더."
"괜찮나 봐?"
"응. 먹을 만."

옥수수 크림 커피 한 잔 더 주고 이선아를 좀 더 머물게 하기로 합의 봤다.

옥수수 크림을 넉넉하게 만들어 뒀으니 만드는 건 편했다.

그나저나 저 손님도 옥수수 크림 커피가 좋을 것 같은데…….

문제는 먼저 다가가면 바로 도망갈 것 같은 느낌이라 추천도 어렵다.

일단은 직접 권하기보단 역시 추천 메뉴에 매력 재능을 부여하는 게 낫겠다.

카운터에 있는 추천 메뉴판을 고쳤다. 메뉴는 당연히 방금 막 딴 것 같은 옥수수를 그린 옥수수 크림 커피였다.

바꾸는 중간에 이선아가 '쿠폰을 그렇게 만들지'란 소리를 중얼거렸는데 가뿐히 무시했다.

'이건 됐고. 이제 기다려야 되나?'

카운터에 추천 메뉴판을 두고 손님 쪽을 흘깃 봤다.

아우라는 여전히 좋지 않았고, 내가 보는 듯하자 손님의 몸이 움찔했다.

여러모로 이번에도 쉽지 않은 손님이 될 듯했다.

어떤 사연이 있는 건지…….

'몰입을 써야 될지도 모르겠네.'

그런데 그때.

"어? 저 사람."

이선아가 손님을 흘깃 보더니 뭔가 아는 듯한 반응을 보였다.

아는 사람이라고?

* * *

구해성의 폭식은 어느 날 갑자기 시작됐다.

처음엔 괜찮았다.

하루, 이틀. 그 정도로 잘 관리된 몸이 망가질 일은 없었으니까.

어릴 때부터 시작한 수영으로 다져진 몸은 며칠의 폭식쯤은 거뜬하게 받아 줬다.

하지만 거기에 방심했을까, 열심히 쌓아 올린 탑도 무너지는 건 한순간이었다.

어느 순간부터 살이 접히기 시작했다.

그래도 그때까진 이 정도는 운동 조금만 하면 빠질 거라고 생각했다.

그리고 또 폭식에 폭식.

중간에 이제 살을 좀 빼야 될 것 같은 생각에 다이어트를 하긴 했다.

하지만 얼마 가지 않아서 다시 폭식하며 요요가 와서

더 쪘다.

그리고 그때부터가 진짜 시작이었다.

제어할 수 없는 식욕에 걷잡을 수 없이 살이 불어나기 시작했다.

그냥 가볍게 다이어트로 살을 뺄 수 있는 수준은 넘어섰다.

비만을 넘어 고도비만, 초고도비만까지.

시작이 어렵지, 그 위에 쌓는 건 너무나 쉬웠다.

자신을 놔 버리면 되니까.

그리고 그런 상태까지 오자 자기합리화를 시작했다.

남들 눈에 살이 쪄 보이든 말은 자신만 행복하면 되는 거 아니냐고. 자신은 이게 좋고 행복한 거라고.

그렇게 자기합리화를 하면 괜찮을 줄 알았다.

"살을 빼셔야 합니다. 이러면 10년도 못 살 수 있어요."

"저 사람, 그 사람 아냐? 와, 근데 왜 저렇게."

밖에 나갈 때마다 들려오는 듣기 싫은 소리들. 신경 안 쓸래야 안 쓸 수가 없었다.

물론 처음엔 무시했다. 자신은 지금 자신의 모습이 행복하다고.

하지만 어느 날 옷을 사러 간 날 들은 소리에 그 합리화는 무너졌다.

"손님, 사이즈가 없습니다."

옷가게 직원은 무례하지 않았다. 그저 사실만 말해 줬을 뿐이었다.

자신이 고른 옷의 사이즈가 자신의 몸에 맞는 게 없다고.

그 말을 듣는 순간, 자신을 둘러싼 세상이 달라진 것처럼 느껴졌다.

그냥 바라볼 뿐인 시선도, 호의를 베푸는 말도. 모든 게 부정적으로 변했다.

그리고 그런 부정을 모두 먹는 걸로 풀었다. 당연하게도 몸은 더 불었다.

그에 또 스트레스를 받고.

악순환의 고리가 구해성을 괴롭혔다.

스스로 만든 고리였기에 누굴 탓할 수도 없었다.

주변에서 수군거리는 소리에 스트레스받는 건 맞지만 궁극적으로 그 스트레스의 기원이 어디인지 아니까.

'예쁜 거 입고 싶어. 예쁘게 사진도 찍고.'

스스로 합리화를 시켰던 그녀였지만 결국 말 그대로 합리화였을 뿐이었다.

원하는 옷을 입고 싶었다.

그녀가 좋아하는 거였으니까.

예쁜 옷을 입고 사진을 찍는 것. 누구보다 그 모델 일을 좋아했던 건 자신이었다.

그런데 이제 그걸 할 수 없었다. 그 사실이 너무 절망적으로 다가왔다.

폭식이 일어나기 전, 그때의 일이 너무 후회스러웠다.

그때 자신이 그렇게 하지 않았다면.

그랬다면 계속하고 싶은 일을 하며 살 수 있었을 텐데…….

잘못했다는 말만 했어도 이렇게까지 오진 않았을 텐데.

이미 늦었겠지.

그래. 늦었어.

자신의 삶은 이제 이렇게 생각하는 사이에도 입에 무언가로 채우고 있을 공허한 허기로 가득했다.

그리고 그런 사실은 그녀의 자존감을 박살했다.

오늘따라 더욱 답답함에 숨이 막혀 오는 기분.

'이러다가 진짜…….'

이걸 조금이라도 풀기 위해서 뭐라도 해야 될 것 같아 무작정 밖으로 나왔다.

그러자 쏟아지는 사람들의 시선들.

평소라면 이 정도까진 아니었다. 오늘따라 심각한 답답함처럼, 오늘따라 그 시선들을 참을 수가 없었다.

그렇게 피하고, 또 피하고.

자신이 어디 가는지도 모른 채 일단 사람들의 시선을 피했다.

그러다 보니 점점 사람이 없는 곳으로 향했고…….

"어?"

어느 시골로 들어왔다.

그리고 눈앞에 보이는 간판에 차를 멈춰 세웠다.

[카페, 호랑이 쉼터]

 기껏 사람들 피해서 온 곳이 카페라니…… 또 먹을 것 앞에 멈춰 섰다는 생각에 자괴감이 들었다.
 그런데 그때!
 "이게 무슨 향기지?"
 간판 너머 오솔길로 보이는 곳에서 흘러나온 아주 기분 좋고 편안해지는 향기에 자신도 모르게 걸었다.
 몸이 무거워서 이런 오솔길에서조차 무릎이 시리고 땀이 물 흐르듯 흘렀지만.
 이를 악물고 올라갔다.
 마치 이번에 오르지 않으면 다음은 없을 것 같았으니까.
 그리고 그렇게 올라간 오솔길 위, 오두막 같은 카페의 모습에 그녀는 홀리듯 들어갔다.

* * *

 이선아의 말에 고개를 그녀 쪽으로 숙이며 조용히 물었다.
 "그러니까, 저 사람이 갑질했다는 거야?"
 "내가 아는 사람 맞으면."
 이선아도 작게 속삭였다.
 그 와중에 일부러 손님 쪽을 보지 않으려고 노력하는

게 보였다.

정확히는 마주치지 않으려는 느낌이었지만 어쨌든 그건 좋은 생각이었다.

"저, 주, 주문."

"주문하시겠어요?"

"네네."

"어떤 걸로 도와드릴까요?"

딱 지금 손님이 카운터로 주문하러 왔던 거다.

눈을 마주치지 못하고 주저하던 손님이 주문한 건 옥수수 크림 커피였다.

원래는 다른 걸 주문하려고 했던 것 같지만 내가 바꿔 놓은 추천 메뉴판을 보고 급히 바꾼 듯했다.

다행이네. 너무 긴장한 것 같아서 못 보면 어쩌나 싶었는데, 역시 재능의 효과는 확실했다.

"주문받았습니다. 감사합니다."

꾸벅!

인사 대신 고개를 숙인 손님은 다시 자리로 돌아갔다.

지금 보니 등이 축축한 것이 땀도 많이 흘린 모양이다. 거의 사람 두 배의 살을 가지고 여길 올랐으니 당연했다.

별거 아닌 오솔길 같지만, 처음엔 나도 꽤 숨이 차지 않았던가.

"뭘 그렇게 생각해?"

"응? 아니, 그냥 힘들었겠다 싶어서."

"힘들긴. 자기가 자초한 건데."

4장 〈267〉

"아."

아까 말한 갑질 얘기인가?

내가 말한 건 그게 아니었는데 굳이 정정할 필요는 없어서 그에 대해선 더 얘기하진 않았다.

대신.

"무슨 갑질을 한 건데? 그리고 뭘 자초한 거야?"

"몰라? 조금 유명한…… 아, 오빠 머글이지."

"머글? 그거 마법사 학교에 나오는 단어 아냐?"

"뭐, 그런 게 있어. 아무튼, 커뮤니티에는 꽤 유명해. 원래 유명한 모델인데 후배한테 가스라이팅하고 협찬사 갑질한 걸로."

이선아의 말에 눈살이 절로 찌푸려졌다.

특히 후배한테 가스라이팅을 했다는 부분은 내 회사 생활을 떠올리게 하는 부분이라 더 그랬던 것 같다.

지금은 부장을 떠올려도 별생각이 없긴 한데 그렇다고 유쾌했던 기억은 아니니.

근데 저 사람이 그랬던 사람이라고?

"그 사건 터지고 은퇴했다던데. 말이 은퇴지, 그냥 묻힌 거지."

"무슨 사건이었는데?"

"잠깐만. 그 짤이 있을 텐데. 아, 여기 있다. 이거 봐봐."

"음. 이거 링크 보내 줄래? 주방 가서 볼게."

주문을 받았는데 계속 여기서 이선아와 얘기를 할 순

없으니 이선아가 보여 주려는 건 링크로 받았다.
 그리고 주방으로 들어와 링크를 열었다.
 그러자 영상 하나가 재생됐다.
 여자 둘이 그 영상의 주인공이었다.
 한 명이 말한다.
 "너 몸무게 줄었어?"
 그러자 그 말을 들은 다른 한 명이 위축된 모습으로 답했다.
 "네, 조금······."
 "내가 나랑 똑같이 유지하라고 했지?"
 "그게 촬영이 있어서······."
 어느 쪽이 갑질을 하고 있는지는 금방 알 수 있었다.
 그리고 어떤 가스라이팅을 했는지도.
 "내가 너 잘되라고 하는 거 몰라?"
 "죄송해요."
 "예지야, 잘하자. 응?"
 "네. 선배님."
 짧은 영상은 이렇게 끝이 났다.
 이건, 뭐······ 할 말이 없는 영상이었다.
 누가 잘못했는지 보이니까.
 그리고 그 잘못을 한 사람이 지금 손님으로 왔다는 것도 알겠다.
 "음."
 영상을 보고 나니 생각이 많아졌다. 여태 왔던 손님들

의 속사정은 몰라도 이런 경우는 없었다.
 아, 스스로 잘못했다고 생각한 김혜주 씨가 있긴 했다. 하지만 그건 그마저도 오해가 있던 거였다.
 하지만 이건 분명 잘못된 점이 보였다. 그래서 고민이 됐다.
 이 손님을 도와주는 것을 어떻게 해야 할지.
 이건 마치, 호랑이 쉼터가 내리는 문제 같았다.
 내 선택을 묻는…….

5장

5장

 이곳을 찾는 사람들이 모두 좋은 사람일 거라는 생각은 하지 않았다.
 애초에 좋은 사람이라는 정의도 애매했다.
 살다 보면 잘못을 아예 하지 않는 사람은 없었다.
 분명 작은 실수로든, 고의가 아니든 다들 잘못은 하고 사니까.
 그러니 그렇다고 좋은 사람이 아니다? 그렇게 말할 순 없었다.
 물론 그렇다고 나쁜 사람이 없는 것도 아니다.
 지금처럼 나쁜 짓을 하면 나쁜 사람이지 뭐.
 지금처럼 영상으로 봐도 나쁜 짓을 했으면 말이다. 그래서 고민이 되는 거였다.

이런 사람도 괜찮은 건지.
지잉!
"응?"
고민 중인데 이선아에게서 톡이 왔다. 다른 링크인가 싶어서 보니…….
―근데 그거 다시 보니까 편집도 됨.
"응? 편집?"
―이거 처음 봤을 땐 몰랐는데 지금 보니 보임. 확실히 여기저기 편집됐음.
이선아의 톡에 영상을 다시 한번 봤다.
그러고 보니 조금 이질감이 드는 장면이 있긴 했다.
아마 영상을 다루는 이선아에게는 그게 더 잘 보였을 터.
이러면 또 얘기가 달라지는데…….
이선아에게 톡을 보냈다.
"원본은 없어?"
―옛날 거라 모름.
"그럼 혹시 이 사건에 대해서 자세한 건?"
―갑질 폭로로 이 사람 모델 은퇴했다는 얘기가 다임.
딱히 해명한 것도 없다는 건가?
그럼 그냥 이게 사실인 걸 수도.
편집이야 영상을 보기 쉽게 한 걸 수도 있으니.
근데 왠지 찝찝했다.
감각이 그랬다. 이건 표면에 있는 것만 보면 안 된다고.

근데 내부적인 걸 어떻게 찾지?

직접 당사자에게 묻는 건 아무래도 무리였다.

대답해 줄 수 있는 상태도 아닐뿐더러 이미 지나간 일을 들춰서 좋을 리가. 그게 어떤 상황이든 말이다.

그렇다면…….

'아! 몰입을 써 봐야겠어.'

다행히 이 방법이 있었다.

하나 문제도 있었지만. 몰입으로 볼 수 있는 건 한계가 있었다.

딱 이 부분을 보려면 어떻게 해야 하는지도 모른다.

그 부분이 애매해서 몰입을 잘 안 쓰는 것도 있는데…… 이번엔 꼭 보고 싶었다.

고민하던 그때, 괜찮은 생각이 하나 떠올랐다.

'혹시 장면을 마음속에 그리면 되려나?'

지금 같은 경우는 딱 원하는 장면의 시점이 있었다.

그러니 이걸 이용하면 될 것 같기도 했다.

"영상이 있어서 다행인 건가?"

이것 때문에 갑질이 폭로되었을 테니 다행이라고 하긴 애매할 수도.

그건 몰입을 써서 더 자세한 걸 본 뒤에 알 수 있겠지.

바로 몰입을 썼다. 그러자 전처럼 꿈속에 들어간 듯 장면이 펼쳐졌다.

'됐다!'

몰입을 쓸 때 영상으로 봤던 장면을 떠올렸는데 진짜

그 장면이었다.

두 사람이 보인다. 한 명은 아까 봤던 후배였다.

그런데 다른 한 사람은 손님이 아니라 또 다른 사람이었다.

"정말 저는 괜찮은 거죠?"

"그러니까 편집해 줄 테니까 걱정 말고."

"근데 꼭 이렇게까지……."

"넌 걔 밑에 계속 있는 게 마음에 들어? 그럼 계속 그러던지."

"아뇨, 그런 건 아닌데."

"할 거야 말 거야? 지금 빨리 정해. 곧 걔 온다?"

"할게요!"

앞뒤 상황까진 알 수 없으나 대충 맥락은 읽을 수 있는 장면이었다.

두 사람이 무언가 계획하고 있다는 것.

그리고 그 장면 뒤에는 아까 봤던 영상과 같은 장면이 나왔다.

후배로 보이는 사람과 손님의 예전 모습으로 추정되는 사람의 대화.

'이것도 좀 이상하네.'

이선아가 편집됐다고 하던데, 진짜 그랬다.

영상으로 봤던 대화는 일부였던 거다.

"나랑 체중 맞춰야지. 그래야 네가 대타로 나가도 나갈 수 있잖아. 응?"

"네."

"너 혹시 내 대타라서 싫어? 말이 대타지 이런 무대 경험 쌓는 것도 커리어에 도움 되는 거 알잖아? 나 때는 선배들이 이런 기회도 안 줬어. 알지?"

손님으로 추정되는 사람의 말투는 영상에서 봤던 것처럼 쏘아 대는 것처럼 느껴졌다. 하지만 그 안에 내용은 그래도 후배를 위하는 말들이 있었다.

물론 소위 말하는 꼰대 같은 느낌이 조금 있긴 했다. 하지만 아마 저 말을 듣는 장본인은 알 거다.

그게 진짜 자신에게 도움이 되는 건지 아닌지.

그리고 타인인 내가 봤을 때 지금 상황으로 보아 손님이 하고 있는 제안이 저 후배에게 나쁜 게 아니었다.

비록 체중 유지를 강요하고 있지만, 그 안에 뜻은 후배에게 기회를 주기 위함이었다.

'조금, 애매하네.'

그 모습을 곱씹으며 몰입에서 빠져나왔다.

다시 주방의 풍경이 보인다.

몰입에서는 나왔지만, 손은 여전히 움직이지 못했다.

"음."

고민이 됐다.

옥수수 크림 커피로 과연 저 손님에게 도움이 될지.

몰입에서 본 손님은 당당하고 자신감이 넘쳤다.

겁을 먹은 자라처럼 등 껍데기에 목을 숨긴 지금과는 너무나 다를 정도로.

그런 자신감을 찾는 데 체중 감량이 분명 도움이 될 순 있었다.

외형적으로 말이다.

하지만 그보다 문제는 아무래도 내적인 게 아닌가 싶었다.

이선아가 처음에 알아보기를 갑질 모델이라고 했다. 그랬다는 건 저 영상으로 엄청 욕을 먹었다는 얘기였다.

물론 엄청 잘했다고는 말을 할 수 없는 장면이긴 했다. 하지만 욕을 먹고 은퇴를 해야 했나?

그건 모르겠다.

심지어 내가 몰입으로 본모습이 아니라 편집으로 만들어진 영상으로 욕을 먹었다면…….

상처가 안 남으려야 안 남을 수 없었다. 그리고 그 상처가 곪아 터진 상태가 지금인 거다.

그러니 그런 상처를 보듬어 줄 수 있는 게 좋을 듯한데…….

'또 다른 효과가 필요하겠어.'

메뉴는 그대로 하고 안에 효과를 좀 넣어 보기로 했다.

감화를 써서 하나.

희생을 써서 또 하나.

그림까지 쓰면 총 세 가지 효과를 더 넣을 수 있었다.

물론 많이 넣는다고 무조건 좋다고는 말할 수 없었다. 조화롭게 넣어야겠지.

'뭐가 좋을까.'

우선 외유내강은 당연히 넣을 거다. 육체의 문제는 정신의 상태를 가시적으로 보여 주는 창이기도 했다.

꼭 아우라를 보지 않아도 그건 알 수 있었다.

마음이 많이 약해져 있는 상태에 꼭 필요했다.

그리고 여기에 뚝심과 운동까지 추가하면 좋을 듯했다.

'만생공이 성장해서 다행이야.'

넣을 수 있는 효과도 많을뿐더러, 넣을 수 있는 방법도 다양해졌으니까.

얼음이 든 컵에 우유를 붓고 옥수수 크림이 넣으며 희생으로 외유내강을 불어넣었다.

그리고 그림 재능은…….

에스프레소를 내려 크림 위에 그림을 그리듯 부었다.

사라랑~

물론 이걸로는 그림을 그리기 쉽진 않았기에 아우라로 같이 그림을 그렸다.

재능 뚝심이 또 새겨졌다.

이제 남은 건 커피 위에 옥수수 알갱이를 데코로 올리며 감화를 사용. 그렇게 원래 옥수수 크림 커피에 있던 재능과 불어넣은 효과가 더해진 음료가 완성됐다.

그리고 그 순간!

팟!

음료에서 아우라가 쏟아졌다.

마치 호랑이 쉼터에서 휴식을 취하고 떠나는 사람들이 내뿜는 아우라와 비슷했다.

조금 다른 점이라면…….
'어?'
음료에 붙어 있던 효과들이 합쳐지며 변했다.
이건 생각지 못한 건데.

[옥수수 크림 커피]
*효과
―개과천선(30일)

아까와는 전혀 다른 효과가 붙은 음료가 만들어졌다.
체중 감량, 활력 상승, 운동, 외유내강, 뚝심이 합쳐져서 개과천선이라는 하나가 된 것이다.
효과 기간도 무려 30일이었다.
'이런 것도 되는구나.'
하지 않았으면 모르고 넘어갈 뻔했다.
물론 이게 가능한 건 효과를 이렇게 많이 넣을 수 있어서겠지만.
어쨌든 새로운 사실을 발견한 건 고무적인 일이었다. 가능성이 더 늘어났으니까.
그리고 일말의 고민을 날려 주기도 했다.
이제 주저하는 것 없이 서빙할 수 있을 것 같다.
"손님, 주문하신 음료 나왔습니다."
음료를 가지고 나왔다.
물론 이선아의 것도 있었다.

여기엔 효과를 따로 넣지 않았다.

이선아는 딱히 이런 효과가 필요한 상태가 아니니까.

"가, 감사합니다."

"네. 편하게 쉬세요~"

무언가 힘겹게 인사를 하고 자리를 돌아가는 손님의 모습에 웃으며 말해 줬다.

그 덕인지는 모르겠지만 조금 편해 보이는 것 같기도 했다.

"뭐야? 왜 나랑 다름?"

"뭐가? 똑같은 건데?"

"아닌데. 뭔가 다른데."

이선아가 자기 음료와 방금 손님이 가져간 음료를 비교하며 날카로운 눈을 했다.

역시 쓸데없이 촉이 좋은 녀석.

그래도 내가 특별히 이선아 것에도 운동 효과는 넣어 줬다. 하도 이장님한테 시달린다고 말하길래 넣어 준 거였다.

그거 말고 외형적으로는 크게 차이가 안 났다.

"다르긴 뭐가 달라. 똑같아."

"뭐, 알겠음."

그런데도 예리한 녀석. 앞으로 이선아 앞에서는 조심해야겠다.

물론 본다고 해도 숨겨진 사실들을 알 수는 없을 거다. 대놓고 앞에서 아우라를 움직여도 모르니까.

"아참. 아까 그 영상 말인데."

이선아가 갑자기 속삭였다.

영상에 대해서 할 말이 더 있는 모양이다.

그래서 일단 이선아에게 눈짓을 줬다. 아직 손님이 있는데 그 얘기는 안 하는 게 좋을 것 같았다.

속삭이는 소리가 들릴 리는 없지만 그래도 본능적인 감이라는 게 있었다.

손님은 알 수도 있었다.

자기 얘기를 하는 것 같다고.

이건 이선아에게 내가 조심하겠다고 한 것과도 비슷한 맥락이었다.

다행히 이선아는 눈치가 좋은 편이라 내 뜻을 알고 곧장 말을 돌렸다.

"근데 백구는 어디 갔어?"

"백구? 랑이랑 텃밭에서 놀고 있을 걸?"

아니면 토리한테 치근거리다가 한 대 맞고 쭈글쭈글하고 있든지.

괜히 그런 얘기를 하면서 화제를 돌렸다. 그리고 손님의 상태는 브라우니에게 부탁해서 계속 살폈다.

아까 영상 얘기에 주춤하다가 이내 음료를 마셨다.

눈이 한 번 크게 뜨였다가 원래대로 돌아왔다는 걸 보니, 맛있나 보다.

한 입 더, 또 한 입 더.

그러다 뭔가 주저하듯 더 먹지 않고 멈췄다.

'살 때문이구나.'

혹시나 이걸로 또 살이 찌지 않을까 걱정하는 듯했다.

그렇다면.

"많이 마셔. 이거 살 안 찌니까."

"응? 갑자기 뭔 소리야."

"다이어트 한다며?"

"내가 언제."

이선아가 이상한 소리를 한다는 듯 쳐다봤지만, 그냥 얼굴에 철판을 둘렀다.

덕분에 내 말을 들은 건지 손님 쪽에서 다시 움직임이 있었다.

음료를 마신다.

이번엔 주저하지 않고 끝까지 비웠다. 그리고 그 맛을 음미하듯 잠시 그냥 있었다.

그제야 흘깃 보니 아무런 변화가 없는 듯했다.

하지만 아우라는 분명 조금 변했다.

살을 파고드는 듯했던 아우라들이 무언가에 막힌 듯 들어가지 못했으니까.

계속 보고 있을 순 없어서 고개는 다시 돌렸지만, 분명 달라진 건 확실했다.

물론 갑자기 확 사람이 변한 건 또 아니었다.

아주 작은 변화가 차츰차츰 효과를 발휘하는 게 아무래도 이번 손님에게 맞는 듯했다.

'개과천선이라는 게 그런 거니까.'

마음 같아선 하루아침에 새로운 사람이 된 것처럼 변하고 싶을 테지만 그럴 순 없었다.

작물들이 자라기 위해선 뿌리부터 단단하게 땅에 내려야 되는 것처럼.

그러니 구해성이라는 손님도 그랬으면 좋겠다.

우선은 단단하게 마음을 다잡고 변화하는 거다.

'30일이라…….'

그 정도면 기다리는데도 그리 긴 시간도 아니었다.

어떻게 될지 궁금해하면서 기다리다 보면 언젠가는 알려 주겠지.

아우라든, 다시 찾아오든, 혹은 또 다른 방법으로 알게 될 것 같았다.

아무튼.

음료를 다 마신 손님은 뭔가 결심이라도 한 듯 자리에서 일어났다.

그리고 컵을 가져다주며 돌아갈 준비를 했다.

"편한 휴식이 되셨을까요?"

"네. 너무나요."

"다행이네요. 언제든 쉴 곳이 필요하면 오세요."

"……그럴게요."

구해성와 가볍게 인사를 나누며 마중을 했다.

그 뒷모습에 화려한 아우라의 멜로디는 없었지만 한 가지는 얻었다.

〉조화

새로운 고유 재능이었다.
확인하지 않아도 뭔지는 알 수 있을 것 같았다.
그런데 그보다…….
"왜 그렇게 봐?"
"혹시 이거 알았어?"
"응? 뭔데?"
이선아가 갑자기 보라며 영상을 보여 줬다.
이선아가 보여 준 영상은 아까 보내 준 것과 비슷했다.
다만 차이점이라면 좀 더 앞에 시점부터, 그러니까 내가 몰입으로 본 부분부터 보여 줬다는 차이점이 있었다.
"이건 또 어디에 있었어?"
"방금 올라왔음. 커뮤니티 핫글임. 알고 있었음?"
"아니. 몰랐는데."
"그래? 알고 있는 줄."
"왜?"
"그냥. 이상하게 친절해 보여서."
이선아가 어깨를 으쓱하며 말했다. 이에 나도 마주 어깨를 으쓱해 보였다.
딱히 더 친절하다고는 생각을 못했다. 다른 사람들한테도 이러지 않았던가.
다만 이선아가 차이를 느끼는 점은 역시 구해성의 과거 때문이겠지.

"아까 보여 줬던 거랑 다르네?"

이미 몰입으로 다 봐서 알고 있지만 모르는 척 물었다.

이선아도 눈치채지 못하고 고개를 끄덕이며 이리저리 커뮤니티의 반응을 보며 말했다.

"그러게. 누가 풀었는지 몰라도 여론은 확실히 바뀌었네. 근데 어차피 엄청 유명한 건 또 아니라서."

"너도 알 정도면 유명한 거 아냐?"

"머글들은 모르잖아. 기사 조금 나고 끝나겠지. 뭐, 원래 처음에도 그랬어. 그때 갑질 논란 드라마가 대박 쳐서 하필 제물 이슈가 된 거지."

그런가? 그래도 조금 변화는 있지 않을까?

풀 영상으로 보면 확실히 사람들이 알 수 있을 테니까.

구해성만 잘못된 게 아니라는 것을.

후배를 혼내던 이면에는 그래도 걱정하는 마음이 있었다는 것을.

그러니 최소한 본인은 억울함이 풀렸다고 볼 수 있지 않을까 싶다.

"그리고 이미 커리어 박살 났는데 지금 와서 이게 소용이 있을까."

"……그건 그러네."

"누가 이거 올렸는지 몰라도 자기 위안만 하고 있겠네."

참 냉정한 말이었다.

근데 그게 또 수긍하지 않을 수 없는 말이기도 했다.

가끔 내가 말할 때 수아가 이런 기분이었으려나.
"너 T지?"
"응."
"……그래."
쿨하게 인정하니 또 할 말이 없네.
나중에 수아가 물으면 나도 이렇게 답해야겠다.
"그래도, 당사자는 힘이 나겠지?"
냉정한 녀석이니 혹시나 하고 물어봤다.
당연히 희망이라고는 없는, 차디찬 현실을 말할 거라고 생각하고 물어본 거였다.
그런데 돌아온 답이 예상과 좀 달랐다.
"당연하지."
"응?"
"뭐? 왜? 저러면 당연히 힘이 나지. 댓글만 봐도 응원해 주는 애들이 있는데."
"아."
그렇지. 이선아는 냉정한 게 아니라 그냥 현실을 바로 볼 뿐이다.
이게 바로 T의 의도.
방금 깨달은 건 꼭 수아에게 말해 줘야겠다.
그건 그렇고, 응원하는 사람들이 생겼다고?
"벌써?"
"여긴 원래 밥 먹고 이것만 하는 애들이 살고 있거든. 어디 하나 핫글 갈 수 있는 이슈 없나 하면서."

이선아의 말대로 커뮤니티에는 이미 이걸로 시끌시끌해졌다.

관련 글이 올라오고, 또 어디서는 반박 글도 올라왔지만 금방 훈훈한 미담에 묻혔다.

일단 커뮤니티의 대세는 그동안 구해성에 대해 오해를 했다는 쪽이었다.

"응원이 더 많아졌으면 좋겠네."

"더 많아질 수도?"

"그래?"

"올드 팬들이 슬슬 나오는 것 같네…… 윽!"

한참 더 폰을 보던 이선아가 갑자기 인상을 썼다.

무슨 문제라도 있나 싶었지만, 다행히 그건 아니었다.

"왜?"

"아빠. 비 오기 전에 백구 데리고 오래."

"아하."

이선아의 자유시간은 여기까지였을 뿐.

비 오기 전에 밭일할 게 있다며 이장님이 불렀단다.

이미 몇 번을 모른 체하다가 이제야 가는 거니까 안타깝진 않았다.

그렇게 쫄래쫄래 따라오는 백구를 데리고 떠나는 그녀의 모습을 보니 괜히 흐뭇했다.

시골살이에 잘 적응하고 있는 것 같았다.

꼭 내가 여기 시골에 적응한 것처럼 뿌듯하다.

"오늘은 쟤 덕분에 손님을 잘 받았네."

다음에 오면 맛있는 걸 하나 만들어 줘야겠다.
복숭아로 만들 수 있는 게 또 뭐 있더라…….
아참! 그보다 새로 얻은 재능부터 확인해 봐야 된다.
대충 어떤 건지 짐작은 갔지만.
'조화라…….'
만생공의 재능들이 서로서로 상생되는 거랑은 또 다른 느낌의 재능이었다.
여러 효과들을 묶어서 하나를 새롭게 만들어 내는 거니까.
"공명하고 비슷하면서 조금 다르네."
공명은 여러 재능을 하나처럼 쓸 수 있게 해 주는 거지, 이렇게 완전히 새로운 효과를 만들어 주진 못한다.
그러니 조금은 다른 재능.
그것도 아주 환영할 만한 다른 재능을 얻은 셈이다.
그것도 이번엔 호랑이 쉼터가 준 게 아니라 내가 발견한 거라서 왠지 더 뿌듯했다.
마치 숨겨진 이스터 에그를 찾은 기분이라고 해야 하나?
"어디 보자……."
보물을 얻었으니 그냥 둘 순 없지.
아까 옥수수 크림 커피에는 기존에 있던 효과와 함께 세 가지 효과가 더해져 개과천선이라는 효과가 붙었다.
그것도 30일이라는 긴 시간 동안.
'여러 가지 효과를 조화를 시킨다는 건가? 아니면 조화

가 되는 효과들을 모아 준다는 걸지도.'

확실한 건 가지고 있는 효과들로 새로운 효과를 만들어 낼 수 있다는 거였다.

물론 전혀 연관성 없는 효과가 만들어지는 건 아닌 것 같긴 했다.

개과천선에 필요한 효과를 보면 육체적으로, 정신적으로 뒤바꾸는 효과가 있었다.

그렇다는 건 아무 효과나 다 조화를 시킨다고 새로운 효과가 나오지는 않는다는 말과도 같았다.

"이쪽은 연구를 좀 해 봐야겠네."

새로운 조화를 만들어 보는 연구가 필요해 보였다.

근데 너무 많을 것 같은데?

이건 하루아침에 할 수 있는 수준은 아니었다.

'천천히 하나씩 해 봐야겠어.'

급하게 할 순 없었다.

이것도 분명 규칙 같은 게 있을 터.

일단은 그걸 알아보는 데 중점을 두고 해 봐야겠다.

뭐, 이러나저러나 쉽지는 않겠지만.

"어쨌든 좋은 일이니까."

그래. 분명 좋은 일이었다.

새로운 재능을 얻은 것만큼이나.

그러니, 오늘 다녀간 손님도 좋은 일이 있었으면 좋겠다.

마지막에 인사할 때 느낀 바로는 곧 좋은 일이 따라갈

것 같긴 했다.

 신기하게도 운이라는 건 그걸 받을 준비가 된 사람에게 갔을 때 제빛을 발했다.

 그런 의미에서 구해성은 오늘부터 그 준비를 할 듯하니…… 지켜보며 정말 응원 정도는 해야겠다.

 물론 우선은…….

"어떤 조화가 좋으려나."

 내가 할 일부터 해야지.

 겸사겸사 그동안 얻은 것들을 재정비도 해야 될 듯했다.

 꽤 많기도 많고 할아버지의 레시피북도 조금 정리해야 했다.

 김혜주 씨가 그랬듯, 이젠 내 것으로 말이다.

 그나저나…… 날이 좀 심상치 않네.

 쿠르르!

"응? 천둥까지?"

 곧 비가 쏟아 질 듯했다.

 소나기는 아니고 아침부터 예보된 비였다.

 슬슬 장마가 온다는 말이 있었는데 아미 이게 그 시작이 아닐까.

 오월이 다 지나가기 무섭게 장마라니…… 이곳에 와서는 첫 비인가?

 비도 오니까 따뜻하게 차나 한 잔 마시고 일을 해 볼까?

'허브를 미리 말려 두길 잘했네. 장마 오면 잘 마르지도 않을 텐데.'

잘됐다. 한 번 시음도 할 겸 일을 하기 전에 잠시 비나 구경하기로 했다.

* * *

신비한 카페였다.

그곳의 사장님도, 그곳의 풍경도.

시선에 두려움이 있던 그녀에게 너무나 편안한 휴식처가 되어 주었다.

물론 중간에 사장님과 카운터에 앉은 손님이 속닥거리는 소리가 신경이 쓰이긴 했다.

하지만 그것도 잠시였을 뿐.

사장님의 어딘가 신비해 보이는 미소와 함께 받은 음료를 마시자 그건 신경 쓰이지 않았다.

'와! 진짜 맛있다! 어떻게 이렇게 달콤하면서 부드럽지?'

마치 자신의 아픈 상처를 배려해서 부드럽게 감싸주는 포근한 느낌의 음료였다.

음료에서 그런 느낌이라니 말이 안 되긴 한데, 어쩌겠나. 진짜 그렇게 느껴졌다.

그리고 또 묘한 게 있었으니.

'무섭지 않아.'

사장님의 시선도, 카운터 앞 손님의 시선도 이젠 무섭지 않았다.
 마치 예전으로 돌아간 것만 같았다.
 항상 자신감으로 넘쳤던 그때로.
 왜일까? 잘 모르겠다.
 그냥 갑자기 문득 그런 느낌이 들었다.
 그리고 그런 느낌과 함께 바꾸고 싶다는 생각도 들었다.
 자신이 왜 겁을 먹고 숨어야 하는가.
 그런 상황도, 그런 자신도 바꾸고 싶었다.
 잘한 게 없다는 건 알고 있었다.
 그렇다고 그렇게 사람들에게 손가락질받고 비난을 받을 정도로 잘못하지는 않았다고 생각했다.
 그럼에도 은퇴를 했던 건…….
 '어쨌든 피해자는 내가 아니라 소연이니까.'
 그 점이 미안해서 그랬다.
 하지만 그게 지금까지 자신의 삶을 도피해야 되는 낙인이 될 줄은 몰랐다.
 영상에 왜곡이 있었지만 그렇게 확대 해석이 될 줄도 몰랐다.
 영상 속 또 다른 주인공인 아끼는 후배가 대신 속사정을 말해 줄 거라 믿었으니까.
 물론 그 믿음은 곧 깨졌지만.
 그렇게 니들끼리 잘해먹고 잘살라고 뛰쳐나왔다.

어딜 가든 자신은 잘살 거니까.

하지만 그게 착각이었다는 사실을 깨닫기까지는 그리 오랜 시간이 걸리지 않았다.

자신이 무너지고 세상도 무너졌다.

그걸 여태까지 인정하지 않았을 뿐.

무의식적으로 폭식하며 스스로를 무너트리고 있었다. 그런 걸로 눈앞을 흐릿하게 가렸을 뿐 분명 속은 점점 썩고 있었다.

그런데…… 이제 흐릿하고 불투명했던 것이 선명해졌다.

왠지는 모르겠다.

발길이 닿는 대로 찾은 시골의 산속 작은 카페. 그곳의 사장님이 마지막에 했던 말처럼 괜찮은 휴식을 취해서였을까?

'바꾸고 싶어.'

그리고 자신이 하고 싶었던 일을 당당하게 다시 하고 싶었다.

물론 그러기엔 이미 너무 멀리 오긴 했지만. 그럼에도 포기할 수 없었다.

그러니까…….

'해 보자.'

우선의 예전의 몸을 찾는 거다.

일단은 그것부터.

할 수 있는 것부터 차근차근 해 나가다 보면 또 그다음에 할 수 있는 일이 있겠지.
 너무 먼 곳까지 보지 않기로 했다. 그럼 또 흐릿하고 불투명하게 보일 테니까.
 보이는 곳까지 최선을 다하는 것. 그렇게 결심하며 카페 사장님의 마중에 답했다.
 언제든 쉴 공간이 필요하면 오라는 말은 정말 큰 힘이 됐다고.
 자신의 인생에 있어서 전환점이 될지도 모르겠다고.
 물론 카페 사장님은 자신이 그런 답을 했다는 걸 모르겠지만.
 '다음에 또 찾아올게요.'
 그땐 완전 변한 모습으로 올 거라고 속으로 다짐하며 그렇게 나오는 길.
 구해성은 갑자기 쏟아지는 연락에 의아함을 느꼈다.
 자신이 연락을 끊었던 사람, 먼저 그쪽에서 연락을 끊었던 사람.
 둘 다 연락이 왔다.
 이게 갑자기 뭐지?
 의아하던 찰나!
 "소연?"
 절대 연락할 일이 없을 것 같던 이름에 그대로 굳었다.
 아마 아까의 다짐이 없었다면 그대로 또 숨었을지도 모르겠다.
 폭식으로 말이다.

하지만 이번엔 심호흡으로 놀란 가슴을 가다듬으며 진정했다.

그리고 무슨 일인지 파악에 들어갔다.

"이건……."

영상을 봤다. 처음부터 끝까지 편집이 되지 않은 원본이었다.

이건 분명 자신이 그렇게 얘기했던 거지만 상대 쪽에선 없다고 발뺌했던 그건데…….

"잠깐만 그러면 이걸 누가?"

소연이에게 연락이 왔던 사실이 생각났다.

설마? 곧장 연락을 확인했다.

그리고 알 수 있었다. 과거 잘못됐던 것들이 다시 원래대로 자리 잡고 있음을.

바로 무너져서 두근거리는 심장을 부여잡고 울고 싶은 감정이었다.

'……아직 그럴 때가 아니야.'

분명 이제 자신의 억울함은 풀릴 것이다. 하지만 그게 다였다.

자신의 불어난 살은 억울함이 풀린다고 없어지는 게 아니었다.

그러니…… 우는 건 잠시 미뤄야겠다.

이제 당당하게 나설 수 있게 됐으니, 그럴 수 있는 자신감도 찾을 때였다.

문득 오솔길 너머 카페를 떠올렸다.

이 모든 게 정말 너무나 특별한, 꿈같은 휴식이었다.
그리고…… 그 휴식 덕분에 이제야 꿈에서 깨어나는 듯했다.

* * *

이선아도 집으로 돌아가고 잠시 후.
투두두둑!!
한 방울씩 떨어지던 비는 금방 쏟아지듯 내렸다.

* * *

며칠째 비가 계속 내린다.
통창으로 공터에 내리는 비를 보는 건 정말 운치가 있었다.
점점 더 진하게 물들어가는 푸름도, 새하얗게 지나가는 구름도.
여기에 따뜻한 차까지 마시면 더할 나위 없었다.
여름이 다 오긴 했지만, 아직 비가 오면 쌀쌀해지는 날씨라서 더 그런 듯했다.
아마 이 비가 그치면 이제 진짜 여름이 시작되겠지.
"시간 참 빨리 지나가네."
잠깐만 쉬려고 했는데 이대로 계속 있고 싶어진다.
시간의 흐름을 달력이 아닌 이런 풍경으로 느낄 수 있

다는 건 참 색다른 기분이었으니……

 물론 그 와중에 차를 만들면서 '조화'를 테스트 해 봤다.

[허브차]
*효과
―유유자적(10일)

 허브 여러 가지를 섞어서 만든 차인데 원래는 심신 안정 효과만 있었다. 그런데 거기에 재능을 사용해 효과를 더 붙였더니 저게 나왔다.
 붙인 효과는 조율과 문일지십이었는데…….
 '뭔가 어울리는 듯하면서 웃기네.'
 유유자적이라니.
 하필 비도 내려서 더 그랬다. 정자에 누워서 비 내리는 걸 보며 풍월 한 가락을 읊고 있는 유망했던 천재 선비 같은 느낌이라고 해야 되나?
 최대한 좋게 말한 게 이거고, 그냥 풍류 즐기는 백수의 효과가 아닌가.
 그래도.
 "그래서 그런가, 뭔가 편하긴 하네."
 마음이 참 편했다.
 이대로 몇 날 며칠을 놀고 멍 때리며 있을 수 있을 것 같은 느낌이다.

가만히 있는 걸 태생적으로 잘 못 하는 편이라 그런지, 그게 더 확 와닿았다.

그냥 비가 오는 걸 보고만 있어도 기분이 좋다니…….

한 편으로는 큰일이었다. 일을 해야 되는데 자꾸 마음이 편해서 조금만 더 미루게 된다.

조화를 제대로 활용하는 법은 아직도 멀었다.

이 허브차 말고도 몇 가지 더 시도해 보긴 했지만, 확실하게 나온 것은 없었으니까.

"효과를 없애야 하나."

근데 그것도 되려나? 그건 한 번도 안 해 봐서 모르겠네.

여태 나온 효과들은 더 유지가 되면 했지, 없어지길 바랐던 적은 없었다.

그럴 이유도 없었고.

지금도 사실 막 떠올랐을 뿐, 진지하게 시도해 볼 마음은 없었다.

이 상태가 너무 좋으니까.

"진짜 좋네. 좋아."

산과 숲도 한 계절이 지나가고 다시 새로운 계절이 시작되기 전의 숨 고르기가 필요했다.

그리고 그 위에 있는 작물과 사람도 마찬가지.

그런 의미에서 이런 시간도 있어야겠지.

왜앵~

"들어왔어? 토리는?"

왜앵?

"집에 갔나?"

그때 텃밭에서 놀던 랑이가 들어와 옆에서 앉았다. 그리고 태연하게 털에 묻은 비를 그루밍했다.

토리는 따라서 안 들어온 걸 보니 자기 집으로 돌아간 모양이다.

굴이니까 비는 맞지 않겠지.

그나저나 랑이 녀석…… 바닥에 발자국을 그대로 남기면서 들어왔다.

"……나중에 치우지 뭐."

한두 번도 아니고.

마음 같아선 네 몸만 닦지 말고 바닥도 닦으라고 하고 싶었지만, 말한다고 들을 녀석이 아니다.

그건 그렇고, 진짜 분위기가 좋다.

'이런 날씨에는 장사 접고 파전이 딱인데.'

장사를 접고 그런 적은 없지만, 회사 일하다가 그런 적은 있었다.

현장에 나갔다가 갑자기 쏟아지는 비에 작업을 어쩔 수 없이 멈춰야 하던 때, 같이 일하는 분들과 한 잔씩 했었지. 그날 파전에 막걸리는 정말 끝내줬었다.

"그리고 보니 텃밭에 파도 있긴 있었지?"

그게 쪽파인지는 모르겠다.

사실 처음 종묘사에서 사서 심어 놓고 신경을 잘 안 쓴 것 중 하나였다.

카페에서 파를 쓸 일은 거의 없으니까.
그런데 이렇게 되니 문득 생각이 났다.
보아하니 비가 금방 그칠 것 같지도 않고, 손님도 며칠째 안 왔다.
아마 날씨 영향인지 몰라도…… 왠지 느낌상 비가 그칠 때까지 안 올 것 같았다.
'진짜 파전이나 해 먹을까.'
일단 텃밭에 나가 파 상태부터 확인했다.
어디 보자…….
"딱이네."
대파도 있고 쪽파도 있다.
재료까지 이렇게 다 있는데 주저할 순 없지.
바로 쪽파를 뽑았다. 비에 젖어서 그런지 더 푸릇해 보이는 쪽파는 향긋하면서 매운 향을 뿜었다.
"이건 맛있을 수밖에 없네."
이렇게 바로 뽑은 파로 전이라니.
흙만 씻어 내고 바로 바구니에 담았다.
카페 안에서 비를 보며 먹는 것도 좋지만 기름 냄새도 그렇고, 바로 비 떨어지는 소리를 들어야 또 제맛이니.
그래서 카페 앞으로 나왔다.
처마가 길게 나와 있어서 비가 들어오진 않았다.
입구에서 살짝 옆쪽에 자리를 잡고 곧장 반죽을 만들었다.
'그러고 보니 직접 파전을 해 본 적은 없는데.'

그래도 대충 레시피를 보고 따라 하니 쉽게 만들어졌다.

음~ 음~

절로 콧노래가 나온다.

창문 안에서 랑이가 무슨 한심한 짓을 하고 있는 건지 모르겠다는 듯한 표정으로 바라봤지만 괜찮았다.

이 상황 자체가 재밌으니까.

창고에 있던 부르스타 꺼내서 불을 붙이고, 그 위에 기름 두른 프라이팬까지 올리면 진짜 준비 끝.

이제 반죽에 쪽파 살짝 적셔서 그대로 프라이팬에 올리면······.

촤아악~!

어떤 게 빗소리인지 모를 정도로 사방에 지글지글거리는 소리가 울려 퍼졌다.

투둑! 투둑!

기름인지 비인지.

아무렴 어떤가, 맛있는 소리라는 건 같은데.

"해물이 없어서 아쉽긴 한데, 텃밭 재료면 이걸로 충분하겠지."

오히려 이게 파 본연의 맛을 최대한으로 끌어올리는 걸 수도 있었다.

달큰하면서 매콤함이 공존하는 본연의 맛.

거기에 밀가루 반죽과 기름이 만나서 내는 고소함이면 그냥 끝이지 뭐.

"이걸 혼자 먹어서 아쉽……."
"아저씨이이이이~!"
"기가 막힌 타이밍이네."
이제 막 뒤집으려던 찰나, 수아가 오솔길에서 뛰어왔다.
심지어 우산을 안 가져간 듯 맨몸으로 뛰어오고 있었다.
"으아아!"
"왜 우산 안 쓰고 와?"
"히히! 버스에서 잃어버렸어요."
"어이구, 잘한다. 이따 갈 때 저거 가져가."
내가 쓰고 온 우산을 가리키며 말했다.
거기엔 꽤 많은 우산이 꽂혀 있었다.
"우산이 왜 저렇게 많아요? 아저씨는 혼자인데?"
"……까먹고 집에 갔다가 새로 쓰고 온 거지 뭐."
"프히히! 뭐예요 그게!"
왜 맨날 집에 갈 때면 비가 그치는 건지…… 그래서 우산을 들고 가는 걸 까먹을 때가 많았다.
다른 건 안 까먹는데 왜 우산은 그렇게 쉽게 까먹는 건지도 모르겠다.
아무튼.
"이리 와서 앉아. 춥다."
"엥? 근데 여기서 뭐 해요?"
"파전."
"왜 청승맞게 여기서?"

"운치 있잖아."
"랑이가 한심하게 보는데요?"
걔는 낭만을 몰라서 그런 거고.
이 말을 속으로 잘 삼켰다. 뱉었다간 수아도 한심하게 볼 듯하니.
하긴 아직 어린 애가 이 낙을 어떻게 알겠어.
그래도 말은 저렇게 하면서 옆에 와서 앉는다.
"카페에서 파전이라니."
"왜? 별로야?"
"아뇨! 완전 좋아요! 예전에 할아버지도 해 주셨는데."
"그래?"
"근데 그땐 마을 할아버지들 다 와서 정신없었어요."
할아버지라면 그러고도 남을 분이지.
나는 그냥 소소하게 먹을 생각이다. 아마 마을에 내려가면 다들 집에서 전을 부치고 계실 테니.
"근데 안 뒤집어요?"
수아가 옆에 쪼그려 앉아서 제법 훈수를 둔다.
안 그래도 뒤집으려고 했기에 어쩔 수 없이 그 훈수를 따라야 하는 게 살짝 분하지만…….
착! 촤아~
"오오!"
보란 듯이 팬을 잡고 손목의 스냅만 사용해 파전을 뒤집었다.
노릇노릇하게 익은 면이 드러나니 한층 더 침이 고인다.

에취!

"응? 수아 너 감기야? 그러고 보니 오늘 일찍 왔네?"

"헤헤. 콧물이 나서 일찍 왔어요. 근데 괜찮아요!"

"비 맞으면서 다니니까 춥지. 약은?"

"민초프가 약인데."

얘가 무슨 소릴 하는 건지…….

다행히 증상을 보니 열은 안 나고 콧물만 조금 나는 듯했다.

불 앞이라 따뜻하니 옷은 금방 마를 테고…….

"이거 먼저 마셔."

얼른 카페 안으로 들어가 아까 허브 차를 내렸다.

효과는 따로 안 넣었다.

생각해 보니 내가 넣을 수 있는 재능 효과 중에 몸에 좋은 건 딱히 없었다. 그래도 따뜻한 걸 마시는 것만으로도 괜찮으니.

"헤헤! 어! 아저씨 뒤집어야 돼요!"

차를 건네주고 얼른 파전을 뒤집었다. 다행히 이쪽 면도 노릇노릇하게 잘 익었다.

고소한 전 냄새와 향긋한 파 냄새가 아주 식욕을 불러일으켰다.

바로 접시에 완성된 한 판을 올렸다.

"먹자."

"아싸~! 일찍 오길 잘했다 히히!"

콧물은 아직도 훌쩍이면서 좋단다.

파전을 길게 쭉쭉 찢어서 그래도 젓가락에 돌돌 말아 수아에게 먼저 건넸다.
그리고 나도 한 조각 찢어서 그냥 바로 한 입.
"음~"
"으으음~~!"
동시에 탄성이 나왔다.
이 맛이지.
너무 뜨거워서 입천장이 다 데일 것 같지만 그래서 더 맛있는…….
쪽파가 익어서 나는 달달함과 아직 완전 숨이 죽지 않아서 살아 있는 식감.
그리고 살짝 올라오는 매콤함까지.
'양념이 필요 없네.'
간장, 초장 다 없어도 됐다.
그냥 파 본연의 맛이 다 했다.
물론 조연으로 밀가루와 기름도 한몫하긴 했다.
고소하게 감싸서 포만감도 주고.
게다가 이 파는…….

[파전]
*효과
—몸의 활성화
—면역력 강화

이런 효과까지 있었다.

쌀쌀했던 날씨가 서서히 훈훈하게 느껴졌다.

맛도 효과도 아주 제대로다.

'파전 부치길 잘했네.'

처음엔 고민했었는데 쓸데없는 고민이었다는 생각이 들 정도로 좋았다.

"맛있다~ 아저씨 한 판 더요!"

"응? 벌써 다 먹었어?"

음미하면서 잠깐 주변 풍경을 보고 있었는데, 그새 수아가 남은 파전 한 판을 다 먹었다.

대단한 녀석.

어쩔 수 없이 한 판 더 해야겠다.

아직 나는 간에 기별도 안 갔으니.

그때.

"어디서 고소한 냄새가 나나 했더니 여기였네요."

"응? 아, 오셨어요? 커피 드시려고요?"

"원래는 그럴 생각이었는데, 생각이 바뀌었네요. 혹시 저도 옆에 껴도 될까요?"

한송이 작가였다.

우산을 쓰고 공터를 가로질러 온 그녀도 카페에 들어가지 않고 수아 옆에 자리를 잡았다.

이거 이럴 생각이 아니었는데, 아무래도 한 판으로는 안 끝나게 생겼다.

어쩔 수 없지.

"그럼요. 앉으, 아 이미 앉으셨네."

"저 이런 거 처음이에요. 너무 재밌다. 수아는 맨날 이런 거 해?"

분명 처음 봤을 땐 참 말이 없었는데 이런 자리도 잘 들어온다. 옆에 앉은 한송이는 바로 수아에게 말을 걸며 자연스럽게 합석했다.

"언니, 시골에서도 이런 기회는 흔치 않은 거라고요."

"그래?"

"물론 뻥이죠! 히히! 물론 아저씨가 구워 주는 파전은 처음이긴 해요."

수아의 농담에 한송이가 깔깔 웃었다.

빗소리에, 파전 굽는 소리에, 웃음소리까지 더해지니 정말 그 감성이 묘했다. 사람 냄새가 자연에 스며든 것 같은…….

이게 진짜 힐링이 아닌가 싶다.

물론 그 힐링에도 필요한 게 있긴 했지만.

"파가 부족할 것 같은데, 텃밭에 가서 쪽파 좀 뽑아 주실 수 있을까요?"

"와~ 재밌겠다. 수아도 같이 갈래?"

한송이는 흔쾌히 쪽파를 뽑으러 텃밭으로 갔다.

그리고…….

"이건 대파인데요."

"앗!"

대파를 아주 야무지게 뽑아 왔다.

이걸로 전을 부칠 순 없고…… 일단 옆에 두고 다시 뽑아와 달라고 했다.

다행히 이번엔 쪽파를 뽑아 왔다.

'쪽파는 전을 하면 되고, 대파는 어쩌지?'

집에 가져가서 반찬이라도 해야 되나 싶던 그때!

좋은 생각이 떠올랐다.

"아저씨! 뒤집어야 돼요!"

"어, 그래."

일단 파전부터 뒤집어 보고.

수아의 성화에 뒤집은 파전은 또 노릇노릇 아주 잘 익었다.

음식 만드는 재주는 없어도 이런 훈수 타이밍은 좋은 아이였다.

"자, 먹자. 드세요."

"와아~!"

금강산도 식후경이라고 대파는 일단 뒤집은 파전을 다 먹고 생각하자.

그렇게 다시 시작된 파전 파티.

그런데 그때 또 누군가가 오솔길로 파전 냄새에 이끌려 올라왔다.

* * *

다음 날.

비 오는 날의 파전 파티는 이선아가 막걸리를 가져오면서 피날레를 장식했다.

수아가 술 냄새난다고 해서 툴툴거리긴 했지만, 그래도 오랜만에 좋은 시간이었다.

'아, 오랜만은 아닌가?'

호랑이 쉼터에 와서는 거의 늘 좋은 시간이었으니.

아무튼 그런 시간 중에서도 또 특별한 시간이 쌓였다.

"근데 이렇게 계속 내려도 되려나."

장맛비인 건 알지만 이렇게 쉬지 않고 내리는 비는 처음 보는 것 같다.

오늘도 창밖의 비 내리는 풍경.

질리는 건 아니지만 걱정이 좀 된다.

비라는 것도 적당히 와야 좋은 거지 과하면 또 문제가 생긴다.

지반이 약해져서 산사태가 날 수도 있고. 홍수는 물론, 과습으로 밭에 영향을 줄 수 있으니.

"음…… 예전 같았으면 공사 기간 때문에 걱정했을 텐데 이젠 이런 걱정을 다 하게 되네."

재미있게도 걱정되는 것들을 떠올리다가 중요한 걸 깨달았다.

이제 진짜 이곳에 자리를 잡았다는 것을.

그런 이유로 언제까지 비가 오는 걸 보고만 있을 순 없지.

아직 못다 한 조화의 레시피도 분석하고, 어제 생각했

던 메뉴도 만들어야 하니 이제 노는 것도 끝.

손님은 없지만 일이 없는 건 아니었다.

주방으로 들어와서 어제 한송이가 잘못 뽑은 대파를 들고 왔다.

"요 어딘가에 크림치즈가 있을 텐데…… 아! 여기 있네."

냉장고에서 크림치즈도 꺼냈다.

그러고 보니 비가 오는 날에도 배준호는 배달해 주는 건가.

우유 같은 유제품들은 아무래도 유통기간이 짧아서 장마가 끝나기 전에 한 번 배달 받아야 될 것 같다.

빵을 만드는데 워낙 많이 드는 터라 어쩔 수 없었다.

그렇다고 만들지 않을 수도 없고. 게다가 꼭 빵이 아니더라도 음료에도 많이 쓰니…….

'나중에 한 번 물어봐야겠네.'

조금 여유가 있을 때 물어봐야겠다. 우선은 여기에 집중하자.

필요한 재료가 있어서 텃밭에 나왔다.

"잘 익었네."

노랗게 잘 익어서 눈에 바로 들어온 레몬을 땄다. 빗물이 묻어서 더 촉촉하고 싱그러운 느낌이었다.

바로 한 입 베어 물고 싶게 생겼지만, 그랬다간 아주 짜릿한 세상을 보게 될 테니 참았다.

대신 주방으로 가져와 깨끗하게 씻었다.

재료는 이제 다 됐다.
탁탁탁!
우선 대파를 썰었다.
먼저 세로로 쭉쭉 썬 다음 작게 다지듯 칼을 놀린다.
뒤이어 크림치즈를 그릇에 넣고 덩어리진 상태를 잘 저어서 풀었다.
적당히 크림처럼 뭉근한 촉감이 되면 끝.
여기에 이제 자른 대파를 넣고 다시 섞었다.
레몬도 즙을 짜서 넣고, 껍질을 제스트로 갈아 조금 추가해 주었다.
이러면 확실히 레몬의 향도 더 좋아지고 무엇보다 고급스러운 느낌이 난다.
"음. 좋네."
방향제로 써도 괜찮을 것 같은 레몬 향이 코를 파고들었다.
물론 이대로 먹으면 대파의 알싸한 향과 레몬의 상큼한 향이 따로따로 자기주장을 할 터.
여기에 소금 살짝, 통후추도 갈아 넣고 마지막으로 벌꿀까지 넣으면…… 대파 크림치즈 완성.

[대파 크림치즈]
*효과
―면역력 강화
―활력 증진 강화

―스트레스 완화 강화

이게 웬 괴식 같은 거냐고 말할 수 있지만, 생각보다 더 괜찮은 조합이었다.
특히 빵에 발라 먹으면 말할 것도 없었다.
빵의 느끼함을 싹 잡아 주면서 풍부한 향 덕분에 무겁지도 않았다.
대파의 효과와 꿀의 효과 덕분에 건강에도 좋았다.
'이건 이쪽으로 더 조화시키면 좋은 게 나올 것 같은데?'
지금까지 연구해 본 결과, 조화는 말 그대로 조화되는 것들끼리 묶으면 보통 좋은 효과가 나왔다.
뭐, 당연한 말이긴 하지만.
아무튼 대파 크림치즈는 어떤 방향으로 효과를 더 넣으면 될지 감이 왔다.
다른 건 조금 애매했기에, 감화를 이용해 역발산기개세를 대파 크림치즈에 넣었다.
그러자…… 예상대로 효과가 나왔다.

―무병장수(10일)

"무병장수?"
근데 생각보다 더 대단한 게 나왔다.
무병장수라니…….

'물론 효과 지속 시간이 10일밖에 안 되니까 진짜 무병장수할 수 있는 건 아니겠지만.'

병 없이 오래 살 수 있는 있다는 뜻이니, 10일 동안은 잔병 없이 건강할 수 있다 정도로 이해하면 되려나?

사람에 따라선 다소 맥이 빠질 수 있었으나, 그래도 그것만 해도 어딘가.

확실히 조화로 만든 효과는 한 단계 더 위의 효과를 주는 듯했다.

"효과는 그렇다 치고, 맛은 괜찮나?"

바로 확인을 위해 식빵으로 토스트를 하나 구웠다. 다른 것 없이 그냥 버터로 앞뒤로만 노릇하게.

그러자 주방에서 고소한 냄새가 퍼졌다.

빵은 이쯤이면 됐고. 이제 같이 곁들일 커피도 한 잔 내려야겠다.

"본격적으로 먹을 생각은 없었는데, 이왕 먹는 거 제대로 먹지 뭐."

에스프레소를 내려서 먹을까 하다가 문득 핸드드립을 할 수 있는 세트가 눈에 들어왔다.

오늘은 이것도 괜찮을 것 같다.

회사 다닐 때도 종종 내려 먹은 기억이 있었다.

원두가 괜찮으면 오히려 샷을 내려서 아메리카노로 마시는 것보다 이게 나았던 것 같다.

조금 귀찮아서 그렇지.

지금은 귀찮음보다 호기심이 더 강하니 오늘은 이걸로

해 보자.

손재주 재능과 목생의 재능들이 있으니 또 다른 효과가 나타날 수도?

그럼 메뉴에도 추가할 수 있겠다.

좋아, 해 보자. 그런데······.

'응? 원두도 슬슬 떨어져 가네?'

아직 많긴 한데 확실히 처음보다 많이 줄었다.

이대로 쓰다 보면 한 달 정도면 다 쓸 것 같다.

이게 다 마을에 자리 잡은 이선아와 한송이 덕분이라고 할 수 있었다.

둘 다 기본적으로 올 때마다 커피로 수혈이라도 하듯 주문했으니까.

"원두도 배준호 씨한테 한 번 물어봐야겠네."

어떤 걸 썼는지 모르니 추천받든지 해야 될 것 같았다. 이것도 일단은 체크만 해 뒀다.

이렇게 된 거 한 번에 필요한 것들을 체크해서 물어보는 게 낫겠지.

그럼, 이제 다시 본론으로 돌아와서.

핸드드립을 하는 방법은 간단했다.

먼저 원두.

대파 크림치즈를 발라 먹는 토스트에는 고소한 원두가 좋을 것 같아서 그걸 40퍼센트, 그리고 산미와 향이 있는 걸 30, 묵직하게 다크 로스팅된 걸 30 정도 골랐다.

그리고 단번에 글라인더로 갈았다.

원두 입자에 따라서 맛도 다를 수 있는데 사실, 농도 차이가 유의미한 이유였다.

진하게 마시고 싶으면 고운 입자로.

조금 맑게 마시고 싶으면 조금 더 굵은 입자로.

지금 내가 원하는 건 적당한 농도니까 중간 정도의 입자면 된다.

그렇게 입자까지 정했으면 다음으로 넘어간다.

드리퍼 위에 종이 필터를 놓고, 주전자로 위에 뜨거운 물을 살살 부어 적셔 준다.

먼저 이렇게 필터 린스 작업을 해야 나중에 원두에서 추출 내릴 때 깨끗하게 나온다.

물론 대충 마실 거면 생략해도 되긴 하지만…… 기왕 하는 거 정석대로 했다.

그렇게 필터까지 적셔 둔 상태에서 원두 가루를 필터에 넣고는 물을 살살 부었다.

이것도 마찬가지로 귀찮으면 대충 물을 다 때려 부어도 적당히 내릴 수 있었다.

뭐든 상황에 맞게 할 수 있다는 게 핸드드립의 장점이자 단점인 것 같았다. 손맛에 따라 달라진다는 얘기도 되니까.

이건 좀 자랑이지만 내 손맛은 꽤 괜찮으니 맛은 자신 있었다.

아무튼.

'에스프레소랑은 확실히 느낌이 다르긴 해.'

드립을 내릴 때부터 향이 달랐다.

에스프레소를 추출할 땐 그 향까지 물에 압축시켜 놓는 느낌이면, 이건 자연스럽게 퍼지며 스며드는 느낌이다.

실제로 맛도 그랬다.

그래서 핸드드립이 조금 더 연하게 느껴질 수 있지만 에스프레소는 보통 물에 타서 아메리카노로 많이 먹으니…….

'오히려 이게 평소보다 풍부한 느낌이네.'

빵과 같이 먹기 딱 좋았다.

여러 번에 걸쳐서 물을 내리면 핸드드립 커피도 끝.

주방에서 나는 커피 향과 고소한 빵 냄새가 카페 안을 가득 채웠다.

아우라들이 그 냄새에 취한 듯, 하늘거리며 이리저리 날아다녔다.

"그럼 먹어 볼까."

오솔길 쪽을 한 번 보고 편하게 먹게 자리를 잡았다.

오늘은 정말 손님이 없을 듯했다.

음, 이렇게 생각하면 꼭 누가 오는 것 같던데…….

딴생각 그만하고 얼른 먹자.

대파 크림치즈를 토스트에 듬뿍 발라서 한입 베어 물었다.

바삭!

"음~"

잘 구운 토스트가 바삭바삭하게 씹히며 먼저 즐거움을

주고, 그 뒤에 입 안 가득 들어온 대파 크림치즈가 씹을 때마다 향을 뿜었다.

 과할 수 있는 향은 벌꿀과 크림치즈가 달고 고소 짭짤하게 잡아 줘서 부담스러움은 전혀 없었다.

 어떻게 보면 대파의 알싸하고 톡 쏘는 향이 과연 크림치즈와 어울릴까 싶지만…….

 너무 찰떡같았다.

 다른 허브를 넣은 크림치즈에도 절대 뒤지지 않는 매력이 있었다.

 "씹는 식감도 재미있네."

 아삭아삭.

 대파를 씹을 때마다 즐거운 식감이 느껴졌다.

 레몬 제스트도 제 역할을 했다. 느끼하다 싶으면 하나씩 씹혀서 입안을 상큼하게 만들어 줬다.

 그리고 마지막으로 핸드드립으로 내린 커피 한 모금.

 '음~'

 고소한 원두를 주로 선택하길 정말 잘했다.

 자극적인 향들이 고소한 원두의 향으로 뒤덮여 안정을 찾았다.

 "좋네."

 이거 중독이 될지도 모르겠다. 왜 여태 핸드드립으로 커피를 내리지 않았는지 의문일 정도.

 손님 쏟아지듯 많이 오는 도시의 카페도 아니니 핸드드립으로 한 잔씩 내리는 것쯤은 어려운 일도 아니었다.

앞으로는 핸드드립을 많이 써야겠다.

왜앵~?

"너도 먹어 볼래?"

……휙!

내가 뭘 먹으니까 호기심에 다가왔던 랑이. 하지만 이내 대파 냄새가 싫었는지 고개를 돌렸다.

그러고는 열심히 앞발로 모래를 덮는 시늉을 했다.

이 자식이, 사람 먹고 있는데…….

"오늘은 츄르 없다."

멈칫!

흥, 이제 와 눈치를 봐도 소용없었다.

안 그래도 요즘 비 때문에 카페 안에서만 뒹굴뒹굴해서 그런지 랑이의 살이 더 쪘다.

오죽하면 수아가 이러다 물개 되겠다고 간식 주지 말라고 했을까.

그러니 방금 랑이의 행동은 그냥 핑계일 뿐. 원래 줄 생각이 없었다.

하지만 저 반응이 궁금해서 장난을 쳤다.

"손님이 없으니 너랑 맨날 노는 것 같네."

왜앵!

말이 통하는 듯, 안 통하는 듯 재미있는 녀석이었다.

그렇게 랑이와 놀면서 먹다 보니 어느새 토스트는 다 먹었다.

남은 커피만 호로록 마시며 창밖을 구경했다.

그런데 점점 밝아지는 느낌이다.
"응? 비가 그치나?"
아무래도 그런 듯했다.
며칠 만에 비가 그치는 건지.
오늘은 맑은 하늘을 좀 볼 수 있으려나?
컵을 들고 더 창가로 붙었다.
역시 비가 그치고 하늘은 점점 맑아지고 있었다. 어쩌면 오늘 손님이 올 수도?
"그럼 이러고 있을 때가 아닌가?"
물론 다 준비가 되어 있으니 큰 문제는 없겠지만, 적당히 랑이 발자국이라도 지워야 하나 싶던 그때!
휘이이익—!
갑자기 아우라가 날아왔다.
이건 카페에 있던 아우라가 아니었다.
'그 사람!'
비가 오기 전에 왔던 마지막 손님.
구해성이 보내온 듯한 아우라였다. 그것도 아주 맑고 당당한.
아무래도 돌아가서 상황이 잘 풀렸나 보다.
어쩌면 그간의 여유가 이걸 기다렸던 시간이었던 것처럼 반갑기 그지없었다.
지난번에 조동우 씨도 그랬지만, 저 아우라로 얻을 수 있는 재능보다 저기에 담긴 의미가 더 반가웠다.
물론 재능도 마다하진 않겠지만.

날아오는 아우라는 카페 안으로 들어와 그대로 내게…….
"응?"
그대로 지나쳐서 뒷마당 쪽으로 날아갔다. 뭐지?
우우웅!!
그러더니 날아간 아우라뿐만이 아니라 주변의 아우라들이 공명했다. 그리고 순식간에 많은 아우라들이 뒷마당 쪽으로 빨려 들어갔다.
"무슨!?"
분명 저기서 뭔가 일어나고 있었다.
그건 아마도…….
팟!
뒷마당으로 향하던 그때!
쏟아지는 빛에 뒤덮여 알록달록한 아우라의 세상이 눈앞에 펼쳐졌다.
모든 게 아우라로 이뤄진 세상이었다.
풀도, 나무도, 흙도.
땅 위에서 나고 자란 것들은 모두 아우라를 품고 있었다.
마치 아우라의 바다에 빠진 느낌.
그리고 그 신비로운 풍경 속에 선 나 또한 그랬다.
어느새 이렇게 많은 아우라를 품게 되었을까?
내 모습을 신기하게 보다가 이내 고개를 돌려 뒷마당 쪽을 봤다.
그곳엔 다른 곳보다 더 많은 아우라들이 몰려 있었다.

아까 날아갔던 아우라들이 모두 거기에 있는 듯했다.
그것도 나무의 형상으로.
'잠깐 나무?'
텃밭에 저런 나무라면 하나밖에 없었다.
쑥쑥이.
곧장 달려가 뒷마당의 문을 열었다.
그러자 보이는 거대한 아우라의 형체에 그대로 굳었다.
이건 뭐라고 해야 할까…… 신성한 무언가?
이루어 표현할 수 있는 단어가 생각나지 않는 광경이었다.
"아."
하지만 그 광경은 오래가지 않았다. 마치 언제 그랬냐는 듯 원래의 풍경으로 돌아왔다.
평화로운 뒷마당 텃밭의 모습으로.
그와 동시에 황홀하기 그지없던 아우라의 세상에서 빠져나왔다.
과연 내가 방금 본 풍경을 누군가에게 말한다면 과연 믿어 줄까?
아니, 애초에 제대로 표현은 할 수 있을까?
아마 쉽지 않을 거다.
아우라를 볼 수 있다면 만생공의 재능을 모두 발휘해서 얼핏 흉내는 낼 수야 있겠다만…….
'애초에 그러면 내가 보여 줄 필요도 없지.'

한마디로 쓸데없는 짓이었다. 방금 봤던 풍경을 설명하려는 행동 따위는 말이다.

"후우—."

일단 마음을 진정시켰다.

토생의 재능들이 일어나며 그것을 도와줬다.

그 덕에 아우라의 세계를 본 여운에서 빠져나와 다시 원래 풍경을 돌아봤다.

그중 제일 먼저 확인한 건 역시 쑥쑥이다.

"너……."

사라락~

쑥쑥이의 나뭇잎이 흔들린다. 그리고 그사이로 새하얀 꽃들이 떨어졌다.

초여름의 새하얀 눈이라도 내리듯 그렇게 떨어진 꽃잎들.

손을 뻗어 하나 손바닥에 올리니 스르륵 사라졌다.

그냥 꽃잎이 아니라 아우라로 이뤄진 꽃이었나?

다시 고개를 번쩍 들어 보는데, 언제 그랬냐는 듯 꽃잎이 보이지 않았다.

순간 착각이라도 했나 싶었지만 난 내 감각을 믿었다. 꽃잎은 실제로 있었다고.

그리고 그것을 증명해 주는 무언가도 분명히 있었다.

원래 하얀 꽃이 있던 자리에 남아 있는 붉은빛의 탐스러운 열매.

[쑥쑥이(커피나무)]
*상태
—성장형
—대기만성형
*효과
—병충해 방지 강화
—축복(3/3)
—정화

 열매와 함께 올려다본 쑥쑥이의 텍스트창에서 드디어 녀석이 어떤 나무인지 밝혀졌다.
 "커피나무였다고?"
 사라락~
 뭔가 그럴싸하면서도 예상외라 어안이 벙벙한 느낌이다.
 아무튼 그런 오묘한 기분은 젖혀 두고 다시 한번 쑥쑥이를 자세히 살펴보았다.
 쑥쑥이가 그냥 평범한 커피나무일 리는 없으니까. 아까 봤던 그 거대한 아우라의 줄기도 있었고.
 물론…… 평범한 나무여도 상관은 없지만.
 "열매라면 저게 원두가 되는 건가?"
 커피나무니까 그렇겠지.
 저 빨간, 앵두같이 생긴 열매들이 그 원두가 된다니…… 뭔가 신기하게 느껴졌다.

게다가 마침 카페 있던 원두가 동이 나고 있었는데 잘 됐다.

물론, 아직 더 익어야 되고 열매를 원두로 만들려면 또 필요한 과정이 있겠지만…….

그 정도는 충분히 참을 만하지.

왠지 쑥쑥이의 원두라면 특별한 효과가 있을 거 같기도 하고 말이야.

사라락~

"응? 너도 답답했어?"

이제야 자신의 정체를 알리게 돼서 속 시원하다는 듯, 쑥쑥이가 나뭇잎을 흔들었다.

그건 그렇고, 이제 이 정도 의사 표현도 되는 건가?

이상하게 쑥쑥이의 말이 들리는 것 같았다.

이전에도 물론 어느 정도 느낌은 있었지만, 지금은 보다 확실하게 와닿았다.

'쑥쑥이가 말을 해 줄 수 있어서 정체가 보이는 건가?'

그럴지도 모르겠다.

내가 계속 궁금해하는 걸 쑥쑥이도 알려 주고 싶었는데 그게 안 됐을 테니.

아무튼 정말…… 기특했다.

왠지 나와 같이 성장하는 녀석 같아서 더욱.

툭툭!

쑥쑥이를 어루만져 주며 텃밭을 돌아봤다.

아우라에 푹 담겼던 같은 세계는 이제 없었다. 그 여운만 내 머릿속에 남아 있을 뿐.

 그 광경은 뭐였을까? 쑥쑥이로 잠시 잊고 있던 그것의 여운이 몰려왔다.

 아주 잠깐 아주 특별한 세계를 보고 온 것 같은데…….

 '다시 볼 수 있으려나.'

 혹은 다시 보려면 어떻게 해야 할까. 그런 생각이 머릿속을 차지했다.

 그리고 그 생각들은 금방 하나로 귀결됐다.

 간단했다.

 '지금까지 잘해 왔으니 이대로 또 해 보면 알 수 있겠지.'

 어떻게 보면 이제 시작이라고 할 수 있지 않을까.

 새로운 목표도 생겼으니까.

 새로운 계절과 새로운 목표라니.

 "좋네."

 절로 웃음이 나왔다.

 이렇게 순수하게 즐거울 줄이야.

 아참! 그나저나 아까 날아온 아우라는 분명 구해성 씨의 것일 텐데…….

 일이 잘된 거겠지?

 이번엔 평소와 달라서 조금 고개를 갸우뚱했다.

 하지만 금방 알 수 있는 방법을 깨달았다. 구해성 씨가 유명 모델이라고 했으니…….

 "음, 역시."

폰으로 검색해 보니 최근 기사가 떴다. 그리고 그 기사에는 구해성 씨가 다시 모델로 복귀하겠다는 얘기가 있었다.

사진을 보니 그사이 살이 엄청 빠진 건 아니었다. 하지만 당당하게 인터뷰를 하는 구해성 씨에게 많은 사람이 응원하고 있었다.

"호오?"

그리고 이어서 다른 기사에는 구행성 씨의 과거와 관련된 기사들이 있었는데…….

아마 이것 때문에 사람들이 응원하는 게 아닌가 싶었다.

사과문과 함께 사건의 진실을 폭로하는 기사였으니까.

"잘됐네."

예상을 못 한 일은 아니지만, 그래도 이렇게 확인하니 더 기분은 좋았다.

〉구해성의 끈기

텍스트창을 확인해 보니 새로운 재능도 얻었다.

이것도 토생의 재능으로 들어가는 걸 보니, '토생'의 재능은 역시 정신과 관련이 있는 모양이다.

그리고 덕분인지, 이번에 토생도 목생과 같이 토생(2성)으로 성장을 했다.

혹시 그래서 아까 그런 게 보였던 걸까? 아무래도 그런 것 같다.

역시 만생공을 성장시키면 그 세계에 더욱 가까워질 수 있나 보다.

물론 꼭 그것에 집착할 이유는 없지만, 기왕이면 좋은 것을 다시 한번 느껴서 나쁠 건 없으니까.

방향이 같으니 곧 이어질 것이다.

"날씨 좋네. 그치?"

사라락~

아직 해는 뜨지 않았지만, 비가 그쳤으니 곧 뜨지 않을까.

비가 오는 동안 꽤 유익한 시간을 보냈으니 이제 또 오는 손님들에게 돌려 드려야지.

마침 눈에 보이는 것들이 많았다.

텃밭에서 열매를 맺은 건 쑥쑥이 뿐만이 아닌 듯했으니.

장마 동안 마음껏 물을 흡수한 녀석들이 기다렸다는 듯 탐스럽게 열렸다.

"음. 그걸 만들어 볼까?"

여름은 역시 에이드와 스무디의 계절이라고 할 수 있다. 각종 맛있는 과일들이 나오는 시기니까.

그리고 날이 더우니 달고 상큼하면서 시원한 게 당기는 때이기도 했다.

'과일은 매번 이장님께 얻은 것 같은데, 이번엔 텃밭에서도 충분하겠는데?'

잘 익은 과일들을 하나씩 살폈다.
레몬, 라임은 알고 있었고 참외도 샛노랗게 아주 잘 익었다.
아직 비에 젖어 있어서 더욱 색이 선명해서 그런지 엄청 맛있어 보였다.
좋아, 오늘은 이걸로 정했다.
잘 익은 참외를 땄다.
삐!
언제 왔는지 토리가 옆에서 치근덕거리길래 녀석에게도 하나 줬다.
토리의 굴 사용권에 대한 비용이었다.
물론 토리는 그렇게 생각하지 않을 수도 있겠지만.
아무튼 노란색 형제, 레몬과 참외를 가지고 주방으로 들어왔다.

[참외]
*상태
—최상
*효과
—피로 회복
—변비 예방

역시나 최상급 상태의 참외였다.
효과는…….

'어떤 걸 조화시키면 좋으려나.'

이건 일단 고민해 봐야겠고 먼저 음료부터 만들어 보기로 했다.

참외를 딸 때부터 이미 정해 뒀다.

주스를 만들어도 좋고, 스무디를 만들어도 좋았다. 하지만 그걸로는 조금 심심할 것 같으니······.

'기왕 만드는 거 셔벗을 만들어 보자.'

어차피 만드는 과정은 같았다.

우선 잘 익은 참외를 깨끗이 씻는다. 그리고 껍질을 벗겼다.

새하얀 속살에서 단내가 나는 걸 보면 정말 맛있을 것 같았다.

"하나만 먹을까."

맛은 봐야 하니까.

아무도 뭐라고 하는 사람이 없지만, 괜히 핑계를 대며 껍질을 벗긴 참외를 통째로 씹었다.

아삭!

단단하면서도, 그렇다고 딱딱하지 않은 아주 이상적인 식감의 과육이 입에 들어왔다.

그리고 동시에 과육 안에 든 참외의 달콤한 씨 부분도 같이 먹었다.

그런데.

"와······ 이거 뭐지?"

여태 먹어 왔던 참외는 무라고 생각될 정도로 맛있었다.

참외가 원래 이런 과일이었나?

과육에선 과즙이 줄줄 흐르고 안에는 꿀처럼 달콤했다.

게다가 은은하게 나는 참외의 향은 여태 알고 있던 것과 달랐다. 메론 향 같기도 하면서 조금 다른 참외만의 특유의 향이 엄청 진했다.

항상 참외는 애매한 과일이라고 생각했는데 그런 생각을 다 잊게 만드는 맛이었다.

아삭! 아삭!

정신없이 먹다 보니 어느새 하나를 다 먹었다.

"진짜 맛있네."

"뭐가 그렇게 맛있어요?"

"응? 언제 왔습니까?"

"아까 왔는데 사장님이 너무 정신없이 뭘 먹고 있길래 조용히 있었죠."

혼잣말하고 있는데 갑자기 카운터에서 불쑥 한송이의 얼굴이 튀어나왔다.

진짜 정신없이 먹긴 했나 보네.

이걸 모르다니.

"뭐예요? 어? 참외다! 저 참외 진짜 좋아하는데."

"그래요?"

"와~ 혹시 저것도 텃밭에서 난 거예요?"

"예. 오늘 보니까 다 익었더라고요."

"호…… 저도 이참에 마당에도 텃밭 하나 해야 할까 봐요."

음, 그거 쉽지 않을 텐데…….

이런 말 하기 그렇지만 나는 호랑이 쉼터의 도움과 토리의 도움, 아우라들의 도움 등등이 모여서 비교적 편하게 얻고 있었다.

하지만 농사라는 게 항상 노력한 만큼 얻어지는 건 아니란 말이지.

물론 그렇다고 말릴 생각은 없었다.

"좋죠. 괜찮은 종묘사 알려 드릴까요? 읍내 쪽에 있는데."

"정말요? 너무 좋아!…… 요."

뭐지? 되게 좋아하다가 갑자기 시무룩해진다.

좋은 게 아닌 건가?

"무슨 문제라도?"

"아, 그게 며칠 내내 비가 왔잖아요? 그래서 그런지 천장에서 물이 새더라고요."

한송이가 시무룩한 표정으로 말했다.

천장에 물이 새다니…….

그건 참 안타까운 일이다. 지금 텃밭이 문제가 아니네.

"그렇군요."

"그래서 말인데요, 혹시 실례가 안 되면 한 번 봐줄 수 있을까요?"

"예? 천장을요?"

"네. 전에 처음 한 번 보시고 방수랑 단열해야 한다고 하셨잖아요."

그랬던 기억이 났다.

방수도 방수인데 단열이 더 문제라고 했었지. 당시엔 우선 급할 건 없어서 넘어갔던 걸로 기억하는데…….

"업체를 불러야 될 것 같은데 어느 정도인지, 어딜 불러야 하는지 잘 몰라서요."

"음. 그럼 잠깐만요. 이것만 해 놓고 가죠."

"네!"

잠깐 한송이를 두고 다시 주방으로 들어왔다.

참외 맛은 봤으니 이제 셔벗을 만들 거다.

'만들어 두고 갔다가 오면 딱이겠다.'

참외는 껍질을 깎은 뒤 속을 다 파냈다.

달콤해서 좋지만, 많이 먹으면 탈이 날 수 있고. 셔벗 같은 차가운 걸로 만들면 그게 더 부각될 수도 있으니까.

그러니 속은 아깝지만 파내고 과육만 믹서에 넣었다. 그리고 꿀과 레몬즙을 짜서 넣고 갈면 끝.

[참외 셔벗]
*효과
—피로 회복 강화
—변비 예방 강화

참외와 레몬, 꿀의 효과는 다 붙었고…… 그럼, 여기에 조화로 오늘 얻은 끈기를 불어넣으면 어떤 게 나올까?

바로 감화를 이용해 넣어 봤다.

"흠……."

[참외 셔벗]
*효과
—피로 회복 강화
—변비 예방 강화
—끈기

그러자 그냥 끈기만 더 추가됐다.
아직 뭔가 다른 효과가 나오기엔 부족한가?
그렇다면 끈기와 어울리는 뚝심까지 그림 재능으로 부여하면?

—마부작침

나왔다! 새로운 효과였다.
그런데 도끼를 갈아 침을 만든다는 뜻은 알겠는데, 정확히 어떤 효과인지는 살짝 짐작이 안 간다.
끈기를 강화시켜 주는 건가?
음…… 이건 먹어 봐야 알겠다.
조화는 효과는 좋은 것 같은데 가끔 이렇게 애매한 게 나와서 확인을 해 봐야 된다.
일단 완성 시키려면 얼려야 되니까 이대로 통에 담아 두 시간 정도 냉동실에 두기로 했다.

그사이에 한송이 집에 갔다 오면 얼추 시간이 맞을 듯했다.

"가시죠."

"네!"

근데 이 사람은 물난리 난 자기 집 보러 가자는데 왜 저렇게 해맑지…….

(회사 때려치우고 카페 합니다 5권에서 계속)

환상이 숨쉬는 공간 파피루스 blog.naver.com/gnpdl7

회사 때려치우고 카페합니다

펩티드 현대판타지 장편소설

야근에 잔업, 죽어라 일만 하던 어느 날
할아버지가 돌아가셨다는 연락을 받았다
하지만 회사의 반응은 싸늘한 업무 지시뿐

"이런 X같은 회사, 내가 나간다."

그렇게 사표를 던지고 내려온 고향
할아버지가 남긴 카페로 장사나 하려는데
이 카페, 뭔가 심상치 않다?

─상태 : 만성 피로, 극도의 스트레스
>김하나의 손재주

"뭔가 이상한 게 보이는데?"

손님의 고민을 해결하고 재능을 물려받자
바쁜 일상 속의 단비 같은 힐링이 시작된다!